I0657451

SOUVENIRS

ET

CAMPAGNES

PAR

R. DE LA VILLE

Intendant Militaire du Cadre de Réserve

1858-1901

CANNES

Imp. Commerciale-Administrative G. CRUVÈS, rue de la Foux.

1908

SOUVENIRS

ET

CAMPAGNES

PAR

R. DE LA VILLE

Intendant Militaire du Cadre de Réserve

1858-1901

CANNES
Imp. Commerciale-Administrative G. CRUVÈS, rue de la Foux.

1908

Je n'ai pas la prétention d'écrire des mémoires devant servir à l'histoire de mon temps.

Si j'ai écrit ces souvenirs, c'est pour obéir aux désirs de ma famille. J'ai hésité longtemps ; je me suis décidé, en pensant qu'on y trouverait peut-être quelque anecdote intéressante et quelques aperçus inédits. Puis, je ne suis pas fâché d'exprimer ma pensée sur certains personnages.

Je ne raconte que ce que j'ai vu et entendu ; dans mes appréciations, je cherche à être aussi véridique et impartial que possible.

Ces souvenirs ne seront pas publiés, n'étant destinés qu'aux personnes qu'ils peuvent directement intéresser.

CANNES — 1908

SOUVENIRS ET CAMPAGNES

CHAPITRE PREMIER

ENFANCE ET JEUNESSE. — PREMIÈRES ARMES. —
ALGER. — RENTRÉE EN FRANCE. — DÉPART
POUR L'ITALIE.— ALEXANDRIE.

Tout enfant, je fus persuadé qu'il n'y avait
au monde qu'un métier acceptable : le métier
militaire. L'atavisme le voulait ainsi. Mon grand-
père paternel, ami de Larochejacquelin, avait
été tué à la bataille de Savenay; son fils, qui
n'avait pas quinze ans, s'était battu à ses côtés,
et avait été blessé à trois reprises. Mon père
avait été tué à la prise de Malakoff, étant chef
d'Etat-major de la division Lamotterouge.

D'autre part, ce qui développa mon goût
militaire, c'est que je passai mon enfance à
Lunéville, fameux camp de cavalerie. On n'y
entendait que les trompettes, les comman-
dements, la fusillade, la canonnade. Le général

Reyau, vieux manœuvrier du Champ de Mars, ne laissait jamais de répit à ses troupes. Et dire que ce fut ce général qui compromit complètement le succès de la bataille de Coulmiers, en se portant du côté opposé à celui qu'il eût fallu, sans quoi les Bavarois eûssent été faits prisonniers ! Il faut ajouter, pour sa décharge, qu'il avait alors soixante-dix ans.

Ce qui mit le comble à mon esprit de combativité, ce fut le collège de Lunéville. On se battait continuellement : c'était une diversion au calme des études. Si je donnais de bons coups, j'en reçus d'excellents ; j'ai conservé les cicatrices d'un coup de compas qui me traversa un doigt, d'une pierre au front, de coups de bâton sur la tête. C'était des pugilats et des luttes de toutes sortes qui eurent le grand avantage de m'endurcir le corps.

L'hiver, c'était des batailles homériques avec des boules de neige, dans lesquelles une pierre était quelquefois oubliée ; on glissait et on patinait ferme. L'été on se baignait dans la Meurthe, où, avec un camarade, je me suis baigné en mars alors qu'il tombait de la neige fondue. Pendant les vacances, nous ramions tous les jours, en piquant des têtes. Le gymnase, la salle d'armes et tous les jeux violents, occupaient nos récréations. Nos maîtres nous encourageaient, trouvant cela utile.

Les mères sensibles n'auraient pas pensé de même ; mais on ne les consultait pas. Mon grand-père maternel, qui veillait sur mon éducation, trouvait tout cela très-bien, ayant été lui-même élevé d'une façon très rude. A ce genre de vie, j'acquis une santé de fer et une force de résistance qui furent, dans ma carrière, d'un secours remarquable.

A seize ans je vins à Paris pour terminer mes études au lycée St-Louis, où je fus terriblement dépaysé : c'était le calme après la tempête. Plus de cris, plus de batailles ; on tournait en cercle dans des cours exiguës, entourées de murs à quatre étages ; il me semblait être en prison. En classe, où les élèves étaient très-nombreux, les professeurs ne s'occupaient que d'une élite, pépinière des concours généraux et des écoles du gouvernement. Les autres élèves pouvaient dormir, lire des romans, aller fumer la cigarette ; on ne s'en occupait pas. En outre, les sorties étaient rares. Je pris bientôt en aversion ce mode d'existence, et j'obtins d'être envoyé, l'année suivante, à l'institution Barbet.

Le père Barbet était le type du marchand de soupe intelligent ; il était très populaire et

aimé. Il laissait aux élèves la plus grande
somme de liberté possible, et les récréations
étaient gaies et animées. Nous portions tous de
grandes blouses rayées, avec un béret à l'instar
du maître : le père Barbet, portant perruque,
trouvait cette coiffure plus commode. On sortait
tous les dimanches ; nous étions plus traités en
hommes qu'en collégiens. Cette institution avait
beaucoup de succès, et j'avais de grandes
chances de réussir, quand, à dix-huit ans, je fus
atteint de fièvre typhoïde grave qui m'empêcha
de me présenter au baccalauréat de fin d'année
scolaire. La convalescence fut assez longue, je
perdis du temps, et je me décidai à contracter
un engagement volontaire avant l'âge de dix-
neuf ans, afin de pouvoir me présenter à St-Cyr
à vingt-un ans, si je n'étais pas reçu à vingt
ans comme civil : il fallait alors avoir deux ans
de présence sous les drapeaux pour se présenter
comme militaire.

II

Je quittai l'institution Barbet pour m'engager
le 2 juillet 1858, à dix-neuf ans moins vingt-huit
jours ; sur les conseils du général Renault,
ancien camarade de mon père à la Flèche et à
St-Cyr, je choisis le 23ᵉ de ligne, qui tenait

garnison en Algérie, et dont le dépôt était à Rodez, où l'on m'envoya pour faire mes classes. Je fus nommé moniteur à l'école, et j'apprenais à lire et à écrire aux Basques et aux Auvergnats qui formaient une bonne partie du dernier contingent : ce n'était pas une sinécure. Malheureusement, je perdis encore du temps ; car le premier détachement pour l'Algérie ne fut mis en route qu'en décembre. Je quittai avec joie le pays de Fualdès.

Nous nous embarquâmes sur un paquebot des messageries maritimes, où nous dûmes rester sur le pont jour et nuit, avec une couverture. Il faisait froid, et la mer était grosse. J'avais par bonheur accaparé une place près de la cheminée. Le deuxième jour, nous rencontrâmes une goélette désemparée ; il ne lui restait plus que la moitié de son beaupré. Nous nous approchâmes, et l'on offrit au capitaine de le prendre à bord avec son équipage : il refusa. Un coup de mer jeta ce navire contre le nôtre ; il nous cassa les amarres d'un canot avec le reste de son beaupré qui tomba à la mer. On lui donna la remorque ; mais la mer devenant plus rude, le câble se cassa à 9 heures du soir, et il fut impossible d'envoyer un nouveau secours : ce malheureux navire a dû périr corps et biens.

Nous débarquâmes à Alger le 28 décembre. On nous conduisit, au sommet de la casbah, dans la mosquée de l'ancien palais du bey d'Alger qu'on avait changée en caserne pour les passagers. Nous couchâmes sur la paille, ce qui nous sembla exquis après trois jours et quatre nuits passés sur le pont du bateau.

Je me rendis le lendemain chez le colonel Anselme, chef d'Etat-major de la Division à laquelle appartenait mon régiment. Le colonel, ancien camarade de la Flèche de mon père, me reçut fort bien, et approuva mon désir de suivre les cours du lycée d'Alger. Il me donna pour mon colonel un billet ainsi conçu : « Le fils de notre brave camarade de la Ville, tué à Sébastopol, est dans votre régiment ; je vous demande pour lui vos faveurs. »

Ce billet de recommandation n'était pas de trop ; car j'ai rarement rencontré d'homme aussi bourru, grossier et grincheux. Le colonel Auzouy était auvergnat et très laid ; une grosse tête ronde, unie comme une boule de billard, sauf sur les tempes où quelques mèches grises s'ébouriffaient. Il avait de gros yeux ronds glauques, un nez épais surmonté de lunettes ; avec sa tournure massive, il semblait un gros magot déguisé en colonel. Il ne me fut pas hostile, et m'autorisa à suivre les cours du lycée, comme externe ; je fus placé à la compagnie des subsistants.

Nous étions plusieurs soldats qui nous trouvions dans la même position : trois zouaves, un chasseur d'Afrique, un soldat du 90e de ligne. Nous mangions ensemble à la cantine. J'avais loué en ville une chambre dans laquelle je travaillais.

Mes loisirs étaient employés à étudier le nouveau milieu dans lequel je me trouvais. Je visitais le quartier arabe ; j'allai un soir aux bains maures où, avec des sandales en bois, je glissai, sur un escalier, des deux pieds, en tombant sur les coudes ; j'aurais pu me casser un membre ; mon habitude de tomber sur la glace en patinant fit que je me contentai de simples écorchures.

Mais bientôt on parla de complications politiques entre l'Autriche et le Piémont, avec intervention probable de la France. C'était donc la guerre en perspective ; je me voyais voué à de nouvelles pérégrinations, et mon admission à St-Cyr me paraissait bien problématique. Enfin, un discours de l'Empereur, qui fut affiché, ne me laissa plus de doute, et réveillèrent mes idées belliqueuses, bien qu'il m'en coutât de partir comme soldat ; mais j'étais décidé à ne pas rester au lycée quand mon

régiment irait se battre. Puis, la guerre pouvait
être heureuse pour moi, comme pour tant
d'autres. J'allai trouver le colonel Anselme, qui
m'engagea d'abord à rester au lycée, en
alléguant qu'on recevrait forcément beaucoup
d'élèves s'il y avait la guerre, et que j'avais
donc toutes les chances d'entrer à l'école sous
peu de mois. Je lui exposai mes raisons, et il
comprit que le sentiment de ma dignité exigeait
que je suivisse la fortune du régiment dont je
portais l'uniforme. Bref, je fus inscrit sur la liste
des partants, et je rejoignis, au moment de
l'embarquement, ma compagnie, où j'étais
inconnu.

III

Le 23e de ligne fut embarqué sur le transport
de l'Etat « Panama ». Nous étions entâssés sur
le pont et dans l'entrepont. Une tempête s'éleva
le premier soir, et, comme la mer embarquait,
il fallut faire descendre tout le monde dans
l'entrepont ; l'eau suivait les hommes par les
écoutilles, de sorte qu'il y avait dans l'entrepont
vingt ou trente centimètres d'eau, qui augmen-
taient ou diminuaient sur les côtés, en suivant
le roulis. Les hommes, malades en grand
nombre, étaient donc couchés dans l'eau. On
peut se figurer le tableau et l'odeur qui se

dégagea ; ce qui augmentait le malaise, c'était le manque d'air et la chaleur venant des machines. Je. me tenais debout, contre un portant, au milieu du navire dont je suivais le balancement ; mais, au bout de quelques heures, je n'en pouvais plus, et, plutôt que de m'asseoir dans l'eau, j'entrai dans la machine, bien que ce fut interdit. J'exposai mon cas au premier mécanicien que je rencontrai, en lui offrant de m'employer, n'ayant pas le mal de mer, à remplir les foyers, vider les escarbilles, ou autres corvées à exécuter.

Touché par mon discours, il me fit descendre dans le fond de la machine, où se trouvaient les couchettes des mécaniciens et des chauffeurs, « Comme je vais prendre le quart, me dit-il, couchez-vous là, et dormez tranquillement. » Ce que je fis immédiatement. Je fus réveillé le matin par mon brave mécanicien qui m'apportait du pain et du café ; il n'avait pas voulu me réveiller après son quart, et avait emprunté la couchette d'un camarade. J'ai toujours conservé de ce fait un souvenir attendri.

La mer se calma dans la journée, et nous arrivâmes sains et saufs à Marseille, mais atrocement sales en général ; nous gagnâmes Lyon par étapes. Quand mon capitaine passa devant moi, il fut étonné de voir un visage qui lui était inconnu, et je dus lui exposer ma situation.

Il se nommait Valette, avait une tournure magnifique, avec des cheveux blancs bouclés et la moustache noire. Sa démarche était fière et imposante. Il faisait sensation dans les villages que nous traversions : on se le montrait du doigt. Il était, avec cela, bon et bienveillant ; aussi, était-il très sympathique à tous. Il avait été lieutenant instructeur à St Cyr. Il m'approuva, m'encouragea et me dit : « Je vous promets qu'à la première affaire, je m'occuperai de vous. » Et il me tint parole.

J'avais aussi un sous-lieutenant fort aimable ; mais le lieutenant était un vieux brave qui bougonnait toujours.

Pour la route, le sort m'avait donné pour camarade de lit un basque, nommé Batcèque, ancien garçon limonadier, débrouillard au possible. Je fus très satisfait de mon lot, et nous fîmes très bon ménage. Il me rendit de grands services pendant la campagne, ayant trouvé le moyen d'être employé dans une cantine ; il me mettait, quand il pouvait, du pain et du vin de côté, ce qui m'évitait de faire queue ou de revenir bredouille. Je l'ai retrouvé, dix-huit ans après, garçon de café à la gare de la Bastille ; il retourna peu après dans son pays.

J'ai gardé de ce brave homme le meilleur souvenir. On ne se doute pas assez de la bonté, du cœur, du dévouement, de la délicatesse qu'on trouve chez beaucoup d'hommes du peuple, qu'on regarde souvent avec dédain et hauteur.

En arrivant à Lyon, on nous envoya au camp de Sathonay. Nous partîmes de Lyon le 23 avril, et nous arrivâmes le soir à Grenoble. Ma compagnie, avec plusieurs autres, fut conduite au théâtre, non pour assister à une représentation, mais pour y passer la nuit ; je dormis dans un fauteuil d'orchestre. Nous allâmes passer deux jours à Vizille, puis nous revînmes à Grenoble ; cette fois-là, je couchai sur un billard, dans un café. Nous fumes ensuite dirigés sur St-Jean-de-Maurienne, Modane et Lanslebourg.

Depuis Lyon jusqu'à notre dernière étape, j'eus pour camarade de lit un jeune lorrain, nommé Hennequin, engagé volontaire à dix-sept ans : c'était une charmante nature, enthousiaste et dévouée. Il fut tué à la bataille de Magenta d'une balle au ventre : le matin même, il avait écrit à sa famille qu'il se portait bien. Sa mort me fit beaucoup de chagrin.

Nous franchîmes le Mont-Cenis par un temps détestable. L'étape est de 42 kilomètres. La pluie ne nous quitta ni à la montée, ni à la descente : en haut, ce fut la neige. Nous arrivâmes à Suse dans un état pitoyable, et, pour comble d'ennui, on nous plaça, en attendant le train qui devait nous transporter à Alexandrie, dans un champ inondé, où il était impossible de s'asseoir. Trempé jusqu'aux os, j'avisai une porte-cochère où je défis mon havre-sac dont l'intérieur était peu mouillé. J'y pris une chemise, et j'en changeai incontinent ; j'endossai ma veste qui était restée sèche, et je mis par dessus ma capote mouillée. J'eus alors une sensation de bien-être relatif qui avait son charme.

Nous ne partîmes qu'à la nuit, et assez tard, et nous fîmes la route en wagons découverts pendant que la pluie continuait à tomber. Nous arrivâmes le matin à Alexandrie. Ma compagnie eut la chance d'être de garde à la gare ; nous pûmes nous y sécher, et, la nuit suivante, je couchai dans un wagon sur du foin pressé.

CHAPITRE II

CAMPAGNE D'ITALIE. — COMBAT DE PALESTRO.
— BATAILLES DE MAGENTA ET DE SOLFÉRINO.
— FIN DE LA CAMPAGNE.

Mon régiment formait, avec le 8ᵉ bataillon de chasseurs et le 90ᵉ de ligne, la 1ʳᵉ brigade de la 1ʳᵉ division du 3ᵉ corps d'armée, commandé par le maréchal Canrobert. Cette division, appelée, en Algérie, division active, était commandée par le fameux général Renault, surnommé de l'arrière-garde; notre brigade était commandée par le général Picard, qui se distingua à Magenta.

D'Alexandrie, où le régiment se reposa, se nettoya et fourbit ses armes, nous allâmes à Valenza, près du Pô.

Sur la rive opposée du fleuve, étaient embusqués des chasseurs tyroliens qui, armés de carabines à balles forcées, parvenaient à nous envoyer des balles. On s'observait des deux côtés, et nous envoyions des grand'gardes dans les massifs boisés avoisinant le Pô. Nous

2

restâmes quelques jours à Valenza. La veille de notre départ, ma compagnie fut désignée de grand' garde. J'avais été commandé de corvée de viande avec un camarade, et nous devions rejoindre la compagnie, partie avant la distribution. Nous enfilâmes le quartier de viande dans un bâton dont nous appuyâmes les extrémités, mon camarade et moi, sur notre havre-sac, le fusil en bandoulière à l'autre épaule. Nous marchions l'un derrière l'autre, comme à une procession ; mais nous appuyâmes trop à droite, et nous dûmes revenir à gauche, en suivant les bords du fleuve. Les tyroliens s'amusèrent à nous envoyer des balles qui sifflaient à nos oreilles et ricochaient près de nous. Nous ne pouvions nous défiler ; puis, par dignité, nous ne voulûmes pas hâter le pas, d'autant plus que notre compagnie nous regardait venir. C'est ainsi que je reçus le baptème du feu, et d'une manière humoristique.

Le lendemain matin, la compagnie ne fut pas relevée, parce que le départ était annoncé. Pour que l'ennemi ne s'aperçût de rien, on ne partit qu'à la nuit. Nous traversâmes Marengo, et nous nous arrêtâmes, vers deux heures du matin, dans des fermes où l'on coucha comme on put, et principalement dans la paille. Harassé par deux nuits sans sommeil, et par cette marche nocturne, je n'entendis pas sonner le réveil. Enfoui dans la paille, on ne m'aperçut pas, de sorte que, lorsque je me réveillai, je me trouvai seul avec un camarade qui était dans mon cas. Quelle heure était-il ? Probablement huit ou neuf heures. Nous partîmes très ennuyés, craignant d'être punis sévèrement, et d'être considérés comme déserteurs, si l'on rencontrait l'ennemi. Les paysans nous indiquèrent la route suivie par les nôtres, du côté de Tortone ; ils nous firent manger et boire, ce dont nous avions grand besoin. Après avoir rendu grâce à nos hôtes, nous nous remîmes vivement en route ; nous rencontrions de l'infanterie, de la cavalerie. Où est le 23e ? demandions-nous, et personne n'en savait rien. Enfin, à force d'aller à droite et à gauche, nous trouvâmes, vers huit heures du soir, notre régiment installé dans un village : nous étions exténués; nous expliquâmes notre aventure, et l'on ne nous en tint pas rigueur.

Nous fûmes dirigés, trois jours après, sur Ponte-Curone, où nous fûmes embarqués dans un train qui nous amena à Casale, fameux mouvement tournant qui nous permit de passer le Pô sans combat. A Ponte-Curone, j'assistai à une scène pénible ; des soldats trouvaient tout naturel de se servir des palissades des maisons pour faire du feu. Des femmes échevelées, au comble de la colère, se mirent à les invectiver, et le mot « Tedeschi » revenait sans cesse. En les comparant aux Autrichiens si détestés, c'était les ravaler au rang de leurs oppresseurs. Déjà, en Italie, la discipline laissait à désirer, et le chapardage y trouvait trop de place. On ne songeait pas assez qu'on était chez des alliés, dont on devait respecter les biens plus que les siens propres.

Nous traversâmes le Pô sans nous en douter. On réunit de nombreuses troupes dans une espèce de camp, où l'on resta deux ou trois jours. Chaque matin, la diane était battue et sonnée avec un entrain endiablé. Si l'ennemi avait été trompé par notre mouvement tournant, le bruit que nous faisions ne pouvait plus lui laisser ignorer notre présence. C'était déjà la mode de ne pas se garder.

II

Nous fûmes dirigés ensuite sur Palestro. En approchant de la Sesia, nous marchions en flanqueurs pour fouiller le pays : nous ne vîmes aucun ennemi. Le capitaine Valette nous indiquait la façon de nous rallier autour de lui, si nous étions attaqués par de la cavalerie.

Nous entendîmes le canon dans le lointain ; c'était les Sardes qui s'emparaient de Palestro.

Nous arrivâmes au bord de la Sesia, après avoir essuyé un violent orage ; c'était du reste, notre lot presque quotidien. J'étais de cuisine, et ne parvenais pas à allumer du feu, avec du bois mouillé, pour faire la soupe ; un vieux soldat prit ma place, et m'envoya chercher de l'eau. Il n'est pas si facile qu'on pourrait le croire de faire la cuisine en plein air, par mauvais temps.

La nuit suivante, mon bataillon fut de grand'garde pour soutenir le pont de bateaux qu'on jeta sur la rivière. Dans la nuit, vint une crue violente qui retarda la construction du pont, et, par suite, notre passage. Le régiment resta bien une heure massé dans une île de la Sesia : si les Autrichiens nous avaient surpris, quel massacre ! Et ils n'étaient pas éloignés.

En arrivant à Palestro, où des morts de la veille n'avaient pas encore été relevés, on nous déploya sur la droite, et l'on nous fit former les faisceaux. On se mit à la recherche de victuailles, lorsque le canon se fit entendre non loin de nous : c'était les Autrichiens qui, ignorant probablement notre arrivée, venaient prendre une revanche sur les Sardes. On se précipita vers les faisceaux ; les Autrichiens tiraient sur

les troupes qui passaient la Sesia après nous, et
qui défilaient sur la route placée entre la rivière
et Palestro. Les boulets arrivaient jusqu'à nous
en roulant ; quelques-uns ricochaient et repar-
taient dans une autre direction. Après avoir vu
la lumière d'un coup de canon, je vis tomber un
officier de cheval, et, en même temps, le boulet
vint rouler près de nous : j'appris qu'un chef de
bataillon du 43e de ligne avait été tué. On nous
fit rentrer dans le village, pour nous mettre à
l'abri des coups qui pouvaient nous atteindre ;
nous vîmes défiler le 3e zouaves qui marchait à
l'ennemi. L'artillerie fut portée en avant, et nous
nous nous plaçâmes derrière elle pour la soutenir : elle commença un feu nourri. C'était la
première fois que l'on se servait des nouveaux
canons rayés qui avaient une supériorité écra-
sante sur les canons autrichiens. Nous restâmes
l'arme au pied pendant tout le combat.

Le lendemain, j'assistai à l'enterrement des
morts dans le cimetière de Palestro. Je vis,
entr'autres, un gros adjudant-major du 3e
zouaves qu'un boulet avait presque coupé en
deux, un zouave auquel il ne restait que la face,
un boulet lui ayant enlevé tout le derrière de la
tête. Je cherchais à m'habituer au carnage, afin
que mes nerfs ne pûssent être ébranlés à la vue
des blessés. J'écoutai les adieux des chefs ; c'est

ce qui m'émut le plus. Quand on se dit que le même sort peut vous arriver le lendemain, et qu'on trouve glorieuse la mort du champ de bataille, le cœur est moins remué peut-être que les yeux. Mais alors comme on se sent peu de chose ici-bas !

III

De Palestro, on nous dirigea sur Novare, où nous campâmes le 3 juin. Le 4 au matin, on dit au rapport : Aujourd'hui, distribution de tabac. Nous partîmes à dix heures, après avoir mangé la soupe. Au bout de deux heures de marche environ, le canon se fit entendre : la voilà donc, dit-on, la distribution de tabac annoncée !

Quel désordre nous vîmes pendant notre marche ! Le 4ᵉ corps d'armée, qui était campé sur la route de Novare au Tessin, avait tous ses bagages sur la route qu'ils barraient complètement. Il fallait tourner autour des voitures, descendre dans les fossés ; on se fatiguait doublement. Il eût été cependant facile et normal de faire ranger les voitures d'un côté de la route pour laisser le reste libre. Quelle incurie ! On vint, en outre, nous dire de nous hâter ; le canon se faisait de plus en plus entendre, et l'on avait besoin de nous. Cela, je ne l'ai jamais compris ; car, si le besoin de secours était immédiat, pourquoi ne pas porter d'abord en avant le 4ᵉ corps, frais et reposé, qui nous regardait passer, et qui, plus tard, vint à notre secours ? La bataille, ayant été imprévue, personne n'avait donné d'ordres préalables, et ceux, qui furent donnés, furent diffus et contradictoires.

Nous arrivâmes enfin sur le Tessin, d'où nous vîmes la bataille engagée à quelques kilomètres. Nous voyions la fumée des canons, et la fusillade éclatait stridente. Ce tableau me parut superbe, et je me vis enfin en face de l'ennemi.

Nous franchîmes le Tessin sur le pont de San-Martino que les Autrichiens n'avaient pas réussi à faire sauter entièrement ; les arches avaient été désarticulées ; mais notre génie avait placé par dessus un tablier en planches, praticable pour l'infanterie.

L'Empereur et son escorte se trouvaient un peu plus loin sur la route de Magenta : je l'entrevis à peine. On nous fit appuyer à droite pour gagner la ligne de chemin de fer que nous suivîmes jusqu'au canal du Naviglio grande, notre objectif. Après la marche forcée que nous

venions de faire, on avançait difficilement sur le
ballast, avec le sac au dos. A moitié route, on fit
mettre les sacs à terre, et nous primes le pas
gymnastique pour arriver plus vite. Hâtez-vous,
venaient nous dire des officiers d'état-major.
Tous nos officiers montés étaient descendus de
cheval ; notre gros colonel Auzouy était soutenu
et poussé par ses sapeurs.

Le 8ᵉ bataillon de chasseurs marchait avant
nous ; je vis tomber un chasseur dont un boulet
venait d'enlever la tête. Cette vue fit de l'impression sur quelques jeunes soldats qui éprouvè-
rent un besoin pressant de s'arrêter : c'était le
petit nombre. L'entrain de ces vieux soldats
d'Afrique était superbe, et il redoubla quand
nous arrivâmes dans la redoute qui était devant
le canal et qu'occupait le 3ᵉ Grenadiers de la
Garde. Il nous reçut par les cris « Vive le 23ᵉ ».
Nous criâmes « Vive la Garde ».

Le 8ᵉ bataillon de chasseurs avait été déployé
à la droite du canal.

On parle des pressentiments ; pour moi,
j'étais convaincu, j'avais la prescience que je
resterais sain et sauf. Etait-ce parce que je
n'avais pas peur que j'avais ce pressentiment ?
Ou bien, était-ce lui qui m'empêchait d'avoir
peur. Quoi qu'il en soit, après avoir fait acte de
contrition et recommandé mon âme à Dieu, je

· restai insensible à toute émotion pendant toute la bataille. Et, du reste, l'idée de la mort m'était indifférente ; on tient peu à la vie quand on est jeune et seul ; je n'étais dominé que par le désir de remplir énergiquement mon devoir.

Je faisais partie de la 1ʳᵉ compagnie du 1ᵉʳ bataillon qui marchait après la compagnie de Grenadiers ; nous étions les premiers à marcher. On s'arrêta, dans la redoute, pour reprendre haleine, et prendre les dispositions de combat. La musique joua "La Marseillaise", puis les tambours et clairons réunis battirent et sonnèrent la charge. Les Grenadiers partirent les premiers, et nous les suivîmes.

Il fallait traverser le pont du chemin de fer, que les Autrichiens n'avaient pu faire sauter, et qui était obstrué au milieu par une barricade, et repousser les Autrichiens qui se trouvaient sur le pont, passant au-dessus du chemin de fer, parallèlement au canal ; les Grenadiers de la Garde occupaient le pont opposé de l'autre côté du canal. Les deux rampes, conduisant au pont, étaient couvertes d'Autrichiens qui ouvraient un feu terrible, à bout portant, sur nous qui ne pouvions riposter, et qui étions retardés par la barricade. Quand nous eûmes passé le pont, les Grenadiers attaquèrent la rampe de droite, et nous celle de gauche. Heureusement, les

Grenadiers de la Garde nous appuyaient de leurs feux. Tout à coup on entendit le cri « en retraite ». Qui le poussa ? on ne l'a jamais su : un lâche probablement qui avait perdu la tête ; en tous cas, nous redescendîmes le remblai, et nous repassâmes le pont dans un grand désordre, augmenté par la barricade, et toujours sous le feu des Autrichiens ; on entendait le choc des balles sur le tablier du pont, quand on était pas soi-même atteint. Le colonel nous apostropha de la belle manière, pensant que nous nous sauvions. Après explication du malentendu, nous repartîmes de nouveau : nos pertes furent considérables.

Bazancourt, dans son histoire un peu romantique de la campagne d'Italie, a écrit : « Le capitaine Valette entraînait ses soldats par un élan irrésistible. » Rien n'est plus vrai. Furieux de notre retraite, comme nous aussi, on eut dit qu'il avait des ailes ; il franchit d'un bond la barricade, et arriva le premier sur les Autrichiens. Très attaché à lui, je le suivais de près, avec tous les hommes restés valides ; nous arrivâmes comme une trombe sur les Autrichiens qui eurent bien vite dégringolé les talus ou furent tués. Les Grenadiers en faisaient autant de leur côté. Du même élan nous les poursuivîmes, suivis par deux bataillons, le troisième ayant suivi le 8ᵉ bataillon de chasseurs sur la rive droite.

Le capitaine Valette fut blessé d'une balle à la main, et dut se rendre à l'ambulance. Le capitaine Lapouble des Grenadiers fut tué ; mon lieutenant reçut une balle dans la mâchoire et *tutti quanti* qui furent tués ou blessés.

Nous n'allâmes pas loin dans notre élan, d'abord parce que nous étions essoufflés ; je dus m'arrêter et m'asseoir pour reprendre haleine ; je croyais que mon cœur allait éclater ; puis, parce que nos deux bataillons ne pouvaient avoir la prétention de faire reculer les Autrichiens qui nous entouraient de trois côtés, qui nous fusillaient, nous canonnaient, et nous lançaient force fusées. Nous dûmes rester dans la défensive-offensive, en nous défilant le mieux possible. Heureusement pour nous, l'infanterie autrichienne n'avait que d'anciens fusils à balles rondes, et ils tiraient mal, toujours trop haut ; en compensation, les tyroliens, avec leurs carabines à fourche, tiraient bien, et nous causaient des pertes ; les boulets passaient par dessus, et la plupart des fusées n'éclataient pas. Puis la nature du terrain, très boisé, coupé de vignes réunies entre elles par des fils de fer, nous était favorable, en dissimulant notre petit nombre, et en empêchant les attaques rapides.

Nos fusils à piston rayés étaient remarquables à côté des fusils autrichiens, et faisaient de bonne besogne à si faible distance. Quand nous étions serrés de trop près, on s'élançait en criant « à la bayonnette », et les Autrichiens reculaient ; nos tambours et nos clairons ne cessaient de battre et sonner la charge, ce qui laissait croire qu'il arrivait des renforts. Les Autrichiens craignaient la bayonnette, et n'avaient pas idée de se servir de cette arme ; ils marchaient à rangs serrés, en faisant des feux de salve, et offraient ainsi de véritables cibles à nos fusils. S'ils avaient marché carrément, ils nous auraient forcément jetés dans le canal, où nous nous serions tous noyés ; car c'était un vrai torrent roulant entre des rives escarpées. Pour atteindre l'eau, afin de remplir mon bidon, je dus, étant à plat ventre, tenant le bidon par sa courroie, allonger beaucoup le bras pour atteindre l'eau ; une fusée vint tomber dans l'eau devant ma figure ; si elle m'avait frappé à la tête, j'aurais été probablement jeté dans le canal. Je montai ensuite sur le haut du pont, pris aux Autrichiens, et je jetai un coup d'œil d'ensemble sur la bataille qui me paraissait bien compromise ; les Autrichiens se développaient en masses profondes ; heureusement, ils ne pouvaient occuper vis-à-vis de nous qu'un espace restreint. Je trouvai un caporal couché contre le parapet ; je le crus d'abord blessé ; mais il n'avait qu'une frousse intense. Je le bourrai de coups de crosse pour tâcher de le stimuler ; mais il ne bougea pas. La peur à ce degré est extraordinaire. Je vis aussi pas mal de soldats embusqués derrière les remblais du pont : il y a toujours des défaillances.

Notre colonel reçut un coup de biscaïen qui avait ricoché ; ses sapeurs s'empressèrent de le conduire à l'ambulance. Il fut remplacé par le lieutenant-colonel de Solignac qui était admirable de sang-froid. Il en était de même de notre chef de bataillon, nommé Lecointe, qui fumait son cigare en plaçant les hommes. Il faut dire que les deux bataillons étaient mêlés ; on se portait à la suite des officiers auprès desquels on se trouvait ; ils se battaient avec les épaulettes et le hausse-col, et ils n'avaient pas l'idée de se plaindre de servir ainsi de cibles à l'ennemi. Le commandant Lecointe fut blessé à la prise du village Ponte di Magenta ; je devais le retrouver plus tard commandant le 14e corps d'armée, à Lyon.

Nous délogeâmes les Autrichiens d'une grande ferme, d'où ils nous faisaient beaucoup de mal ; mais ne pouvions rien contre le village Ponte di Magenta, tant que nous n'aurions pas

reçu de renforts. Et ils étaient urgents, car les
cartouches allaient bientôt manquer ; beaucoup
d'hommes tirent pour s'exciter et gâchent
souvent leur tir. Je manquai recevoir la balle
d'un jeune soldat, placé derrière moi ; furieux,
je lui courus sus, et je l'aurais embroché, s'il ne
s'était sauvé. Je ne tirai, pour mon compte, que
trente-huit cartouches pendant toute la bataille ;
je n'ai jamais tiré sans avoir un but, rechargeant
mon fusil après chaque coup, pour ne pas me
trouver désarmé. Près du chemin de fer, nous
tombâmes sur un régiment en bataille ;
quand nous n'en étions qu'à vingt ou trente
mètres, les fusils s'abaissèrent comme à l'exercice, et nous essuyâmes un feu de salve qui
coucha par terre quelques-uns des nôtres ; le
feu exécuté, les Autrichiens restèrent sur place,
au lieu de marcher sur nous. Je vis ailleurs un
tyrolien m'ajuster ; je me baissai vivement et la
balle me passa par dessus la tête ; il décampa
rapidement pendant que je le visai à genou, et
disparut sous les vignes ; je ne sais si ma balle
l'atteignit. En somme, c'était une succession de
combats à l'américaine, plutôt qu'une bataille.
Quand nous marchions en avant, nous avions
soin d'enlever leurs armes aux blessés autrichiens, pour leur ôter l'envie de nous tirer
dans le dos, comme cela eut lieu. Nous

respections leurs blessés, alors qu'ils eurent la cruauté d'achever plusieurs des nôtres. Les Croates surtout étaient renommés pour leur sauvagerie bien justifiée.

Les renforts arrivèrent vers 4 heures ; il y avait deux heures environ que nos deux bataillons résistaient à des forces décuples, pendant que, sur la rive droite du canal, le général Picard, avec notre 3ᵉ bataillon, le 8ᵉ chasseurs et le 90ᵉ de ligne avait résisté aux attaques réitérées de l'ennemi qui voulait nous tourner pour se rendre maître de la tête de pont de San-Martino. S'il y était parvenu, aucun renfort ne passait, nous étions prisonniers, et le général Mac-Mahon, avec le 2ᵉ corps, eut eu affaire à toute l'armée autrichienne, et eut succombé.

On peut donc dire, sans craindre aucun démenti, que, si la bataille de Magenta a été une victoire, c'est grâce à la ténacité, à l'héroïsme de la brigade Picard qui empêcha l'ennemi de nous tourner et de s'emparer du passage du Naviglio Grande, sur le pont du chemin de fer, pendant que la Garde Impériale se maintenait à Ponte-Nuovo-di-Magenta, en amont du canal, témoin aussi de luttes épiques. Des troupes aguerries, comme les nôtres, pouvaient seules obtenir pareils résultats.

Ce fut la division Vinoy, du 4ᵉ corps, qui

nous avait regardé passer, qui vint au secours des troupes engagées ; une partie de la division marcha sur Buffalora, une autre vint au secours du général Picard, une autre au secours de la Garde à Ponte Nuovo, et enfin arrivèrent à nous le 6e chasseurs à pied et une partie du 85e, apportant ainsi, dit Bazancourt, un puissant secours au colonel Auzouy, dont les troupes épuisées se maintenaient à grand peine sur le plateau, en avant de la redoute.

On put alors prendre l'offensive. Il nous fallait chasser du village Ponte di Magenta les Autrichiens qui y trouvaient leur point d'appui. Le village était partagé en deux parties par le canal Naviglio dont les Autrichiens avaient fait sauter le pont. Nous marchions à l'attaque du village en suivant la rive gauche, pendant que les autres renforts suivaient la rive droite ; quelques soldats les prirent pour l'ennemi, et tirèrent dessus. Je me trouvais à côté d'un clairon du 6e chasseurs : « On tire sur les Français, lui dis-je, sonnez donc « cessez le feu ». C'est ce qu'il fit.

Quand les Autrichiens nous virent à bonne portée, ils nous couvrirent de feux ; une batterie tirait à mitraille. Nous dûmes nous arrêter, et nous jeter à plat ventre, pour laisser passer l'ouragan. Mais, tout d'un coup, comme mûs par un ressort, nous nous relevàmes et nous nous précipitàmes sur les pièces ; les artilleurs n'eùrent que le temps de les ratteler et de partir au galop. Du mème élan, nous les suivìmes, et nous entràmes dans le village; je me trouvai parmi les premiers, non loin de mon sous-lieutenant qui me fit un signe, voulant me dire qu'il était satisfait de me voir là. Quand nous débouchàmes à gauche, sur la place devant l'église, les Autrichiens, rangés en bataille, nous envoyèrent à bout portant un feu de salve ; mon voisin de gauche, reçut une balle dans l'épaule, beaucoup d'hommes tombèrent. Nous nous lançàmes sur les Autrichiens, bayonnette en avant ; au lieu de résister, ils tournèrent casaque et s'enfuirent hors du village ; je déchargeai mon fusil dans le tas. Les Autrichiens, réfugiés dans les maisons, nous fusillaient par les fenètres : on eut tòt fait de prendre d'assaut les maisons et de mettre ses défenseurs hors de combat ; mais cela ne se fit pas sans pertes sérieuses. Enfin, la résistance était rompue ; nous avions pris la partie gauche de Ponte di Magenta contre laquelle, dit Bazancourt, sont venus plusieurs fois se heurter les intrépides soldats du 23ᵉ. Pendant ce temps, la lutte continuait sur la rive droite ; le pont, rompu sur le canal, empèchait toute coopération : c'était deux batailles parallèles.

C'était à notre tour à nous mettre en défense ; car il était clair que l'ennemi chercherait à nous déloger. Nous n'avions pas d'artillerie, alors que les Autrichiens nous envoyaient des projectiles de toute espèce. Nous barricadâmes les chemins avec des voitures renversées ; une compagnie du génie qui arriva crénela les maisons et l'église qui servit d'ambulance. Je me trouvai placé à la gauche du village, où nous avions à garder un espace assez vaste entre l'église et le presbytère. Les Autrichiens revinrent plusieurs fois à la charge, et bravement, les officiers en tête. A genoux derrière nos retranchements improvisés, nous les fusillions comme des cibles, à quelques mètres. Nous en tuâmes tellement que, lorsqu'une sortie fut ordonnée, pour nous donner de l'air, nous eûmes des difficultés pour ne pas marcher sur des cadavres.

Notre sortie fut appuyée par deux canons rayés, les seuls qui purent nous rejoindre vers 7 heures du soir. Mais nous ne pûmes aller bien loin, accablés par une grêle de balles et de boulets ; nous fûmes obligés de rentrer vivement dans le village. Nous n'avions pas encore essuyé un feu aussi formidable : un boulet s'enfonça dans un tertre à un mètre de moi. Nous reprîmes nos positions de défense que nous ne quittâmes plus.

Les attaques des Autrichiens ne cessèrent qu'à la nuit ; notre village était la clef de la position. Aussi, tous les efforts de l'ennemi y furent-ils concentrés ; nous aurions été écrasés par leur déluge de projectiles, et débordés, si de nouveaux secours n'étaient arrivés sur les deux rives du canal.

Je vis arriver un détachement des zouaves de la Garde qui était remarquable par sa belle tenue.

Un de mes camarades, nommé Jaspard, ancien joyeux, reçut une balle en haut du front, de biais, de sorte que la blessure était peu profonde : le sang avait coulé le long du nez. Je l'enviais cette blessure que je trouvais superbe. Ne vous lavez pas surtout, lui dis-je, afin qu'on voie bien que vous étiez là. Oui certes, j'aurais voulu être blessé ; car que peut-on espérer quand on revient indemne, et qu'on n'a pris ni canon ni drapeau ? A côté de tant de camarades tués et blessés, ayant vu tant de branches d'arbres coupées à quelques lignes de ma figure et de mon corps, je n'avais pas même reçu une balle dans ma capote ! J'étais navré, et avec raison.

La bataille finit avec la nuit. On nous fit repasser le canal et rallier notre 3ᵉ bataillon. Nous n'eûmes à manger que les biscuits que nous avions dans le bissac : il m'en restait deux. Je trouvai, près d'un feu de bivouac, le colonel Auzouy, fumant sa pipe, alors que je le croyais grièvement blessé. Le capitaine Valette, un bras en écharpe, était près de lui : sa blessure à la main était sans gravité, mais heureuse. Il me félicita d'être revenu sain et sauf.

Il était trop tard pour aller chercher nos sacs ; puis, nous étions épuisés. Nous couchâmes en plein air. Ma giberne me servit d'oreiller et je m'endormis si profondément que, le lendemain matin, je n'entendis pas la canonnade et la fusillade qui eurent lieu, du côté des Autrichiens, pour couvrir leur retraite.

Nous enterrâmes les morts, amis et ennemis, et nous allâmes chercher nos sacs que des maraudeurs avaient pillés pendant la nuit : on m'avait volé ma gamelle et mes lettres ! Nous étions indignés, mais c'est le lot de la guerre. J'ai vu des soldats prendre les chaussures des morts : cala m'a toujours semblé une profanation. Je n'étais pas dans le mouvement : plus vieux, les points de vue se modifient, et l'on se blase.

Dans la journée, le capitaine Valette me fit venir dans sa tente, et m'annonça qu'il me proposait pour la médaille militaire et pour caporal. Il me fit lire les termes de sa proposition pour la médaille ; il exposait que j'avais été partout le premier au feu, et que je m'étais distingué. Mon sous-lieutenant lui avait dit m'avoir vu à la prise du village : il démontrait ainsi qu'il y était lui-même.

Le colonel déclara qu'il y avait trop de blessés pour que je pûsse être médaillé, que j'étais du reste trop jeune, et qu'il ne pouvait que me nommer caporal, grade dont j'aurais été en possession depuis plusieurs mois, si je n'avais pas travaillé pour St-Cyr. C'est alors que je regrettai plus amèrement de ne pas avoir été blessé.

Mon colonel fut nommé commandeur : la bravoure de son régiment lui valait cette récompense. Mon capitaine fut cité à l'ordre de l'armée, et promu chef de bataillon dans un autre régiment.

En somme, je n'avais pas à me plaindre ; je subissais le lot commun, n'ayant fait que mon devoir, et n'ayant pas commis d'action d'éclat. Je n'en fus pas moins désenchanté, ne prévoyant plus d'occasion de me distinguer, d'autant moins que j'arrivai comme caporal dans une compagnie où j'étais inconnu, et où personne ne s'intéressa à moi, le capitaine Valette étant parti, et ne pouvant pas me recommander à mon nouveau capitaine, appelé Duplan. Puis, avec ma jeunesse et mon ton, je détonnais dans ce milieu de vieux lascars ; il fallait m'initier aussi à mon nouveau métier, qui est si ingrat : corvées continuelles à commander et à surveiller dans une compagnie où je ne connaissais personne. Ah ! c'est un rude métier que celui de caporal en campagne : je l'ai appris par expérience.

IV

Le 6 juin, nous allâmes à Abiatte- Grasso, puis nous fîmes notre entrée triomphale à Milan. Quel enthousiasme ! Quel délire ! J'en étais profondément remué.

Nous campâmes près de Milan dont je visitai l'admirable cathédrale : nous entendîmes le canon de Melegnano, où le 1er zouaves, mon futur régiment, fut décimé, grâce aux mauvaises dispositions prises par le maréchal Baraguey d'Hilliers. Ce sont des officiers, présents à ce combat, qui me racontèrent ce qui s'était passé. Le maréchal n'aimait pas les zouaves, comme d'autres chefs n'aimaient pas les chasseurs à

pied : le sentiment d'antipathie n'est pas digne
d'un chef, et il est triste de l'avoir rencontré
trop souvent, comme celui de la jalousie qui
pousse un chef à laisser écraser un camarade.
Le maréchal donna l'ordre au colonel Paulze
d'Ivoy de lancer son régiment à l'attaque de
Melegnano, dont le cimetière et toutes les
maisons étaient crénelées, et les rues barrées :
c'était une position défensive formidable. En
outre, il fallait suivre une chaussée, entourée
de fossés pleins d'eau et de plaines maréca-
geuses, ce qui empêchait le régiment de se
déployer. Dans ces conditions, une attaque
de flanc devait être désastreuse. Le colonel
demanda au maréchal s'il ne serait pas utile
de faire préparer l'attaque par de l'artillerie.
« Est-ce que vous avez peur, colonel ? » dit le
maréchal : c'était condamner à mort le colonel
Paulze d'Ivoy, qui s'élança furieux, suivi par
tout le régiment qui fut décimé ; il fut tué, et
trente-trois officiers furent tués ou blessés dans
cette affaire. Voilà le cas que faisait ce maréchal
de la vie des hommes.

Le 1er zouaves fut de nouveau décimé au
cimetière de Solferino ; sur soixante-six officiers,
venus d'Afrique, six seulement ne furent pas
touchés.

Nous marchâmes ensuite vers le fameux

quadrilatère. Nous étions trempés presque chaque jour, mal nourris ; nous couchions sur du blé, et nous n'avions pas de pain ; on nous donnait, en remplacement, de la farine de maïs, ce qui fit surnommer notre intendant, M. Mallarmé, duc de la Polenta. J'ai vu arriver des voitures de pain d'Alexandrie ; pas une ration n'était distribuable ; tout était moisi. C'était la faute du manque d'organisation initial, et non celle des hommes.

La bataille de Solferino, comme celle de Magenta, fut une surprise ; on croyait les Autrichiens au-delà du Mincio, et on n'eut pas l'idée, étant à Castiglione, dès le 22 juin, d'envoyer des troupes sur les hauteurs de Solferino et de Cavriana, comme le proposa un commandant de chasseurs à pied clairvoyant, qui avec son bataillon, avait occupé Solferino et qu'on fit rétrograder. On les trouva occupées par les Autrichiens le 24, et leur prise nous coûta des pertes énormes. Pendant toute cette campagne, on marcha à l'aveuglette, et nous eûmes trois chances qui nous donnèrent la victoire : la bravoure tenace des soldats, les canons rayés et l'impéritie des Autrichiens. Les premiers coups de canon furent tirés vers 3 heures du matin. Comme on craignait une diversion des troupes de Mantone, le 3ᵉ corps garda la droite, et ne fut engagé, en partie, que l'après-midi. Mon régiment arriva assez tard à Medole, qui était encombré de blessés. La bataille faisait rage, surtout dans la plaine de Medole, où le 4ᵉ corps fit des prodiges de valeur, et qui eut été écrasé et coupé si le général Soleille n'avait mis en ligne une cinquantaine de canons rayés qui démontèrent l'artillerie ennemie, jetèrent le désordre dans les masses de cavalerie, et jusque dans les réserves qui se croyaient en sûreté. C'est l'artillerie qui sauva la situation ; la canonnade était formidable ; c'était un roulement aussi nourri qu'un feu à volonté d'infanterie. Peu de temps après notre arrivée en ligne, éclata un orage très violent qui mit fin à la bataille. Les Autrichiens, déjà fort ébranlés, en profitèrent pour battre en retraite, et se mettre hors de la portée de nos obus. La foudre et la grêle faisant rage, pendant que toutes nos pièces faisaient feu, quel spectacle que l'union des éléments déchaînés avec les brutalités humaines !

Ce jour-là, nous restâmes vingt heures sac au dos, et ce n'est qu'à 11 heures du soir que mon régiment put bivouaquer.

Le lendemain, nous vîmes de loin la panique des convois sur la route de Castiglione, puis nous marchâmes sur Goïto ; nous passâmes le

Mincio, et notre division fut établie en avant de Vallegio. Nous y assistions au bombardement de Peschiera par les Sardes. Nous pûmes nous baigner dans le Mincio, et y laver nos effets, ce qui était bien nécessaire pour noyer nos poux, cet accompagnement de la gloire.

Le 7 juillet, on crut à une grande bataille ; le bruit se répandit que les Autrichiens allaient nous attaquer pour nous jeter dans le Mincio ; nos canons étaient en ligne. Au lieu de la bataille, ce fut la paix, et l'on se mit en route pour Gênes. J'eus le temps de faire de tristes réflexions sur la vanité des choses humaines. Je revins bien penaud avec mes sardines de caporal, après être parti avec tant d'enthousiasme.

On nous embarqua à Gênes pour Marseille, d'où le chemin de fer nous porta à Paris, où nous fîmes une entrée triomphale; mais tout me laissa froid ; ma déconvenue était trop forte. J'aurais regretté d'avoir quitté le lycée d'Alger, si je n'avais été soutenu par le sentiment glorieux d'avoir assisté à un combat et à deux batailles, alors que je n'avais pas vingt ans. Je ne pensai pas reprendre mes études ; j'avais perdu le fil ; puis je ne me sentais plus capable, après cette vie mouvementée, d'aller m'asseoir sur les bancs d'un collège. Je me décidai à suivre la filière, d'autant mieux que mon cousin de Potier, commandant le 6ᵉ bataillon de chasseurs, m'offrit de venir dans son bataillon, où une place de sergent me serait réservée. Je demandai en conséquence, mon changement de corps.

CHAPITRE III

Séjour en Corse et Rentrée en France.

De Paris, on nous envoya en Corse ; mon bataillon fut envoyé à Corte, patrie de Pascal Paoli, où est sa statue.

Il était écrit que le 23ᵉ de ligne me porterait la guigne ; ma demande de changement de corps fut oubliée ; je dus la renouveler à la fin de l'année, et je ne pus partir qu'en février 1860.

Après deux mois de séjour à Corte, nous fumes envoyés à Bonifacio. A Sartène, je rencontrai un de mes camarades de l'institution Barbet, nommé Rocassera, qui me fit un accueil chaleureux, et m'invita à venir passer quelques jours avec lui, ce que je fis étant à Bonifacio. Il me donna une hospitalité, comme les Corses savent la donner, quand vous êtes leur ami. Ce n'est pas comme dans un village où notre hôte nous fit coucher dans un étable à cochons.

Le pays était encore sauvage à cette époque, surtout dans les campagnes, et l'aménité faisait souvent défaut. A Corte, un habitant envoya un coup de fusil sur une fenêtre de la caserne,

parce que, avec sa petite glace, un soldat lui
envoyait des rayons de soleil ; dans la campagne,
un vigneron envoya un coup de bêche à un
soldat qui se promenait dans sa vigne et lui
fendit le nez. A une étape, l'homme, chez qui
nous étions logés, nous menaça de son fusil,
parce que nous ne voulions pas payer le lit que
nous avions occupé une nuit, et auquel nous
avions droit gratuitement. On ne tarirait pas sur
ce sujet.

A Vivario, on jetait encore les morts, les
uns sur les autres, dans un charnier, couvert
par une dalle : on voyait et on sentait les
cadavres en décomposition.

Mon camarade Rocassera me demanda chez
qui j'étais logé ; c'était chez un vieillard, à
figure patriarcale, avec une belle barbe blanche.
Quand je l'eus nommé, il me dit que j'étais
logé chez le plus grand bandit du pays. Comme
chacun sait, le banditisme est le péché véniel
des Corses ; mais c'est un banditisme spécial et
bien porté. Rocassera me racontait les luttes
soutenues par sa famille contre le clan opposé ;
là, avait été tué un de ses parents ; ici, les siens
avaient tué un tel ; bref, son clan avait été
victorieux, parce qu'il avait pour lui les bergers.
Maintenant, on ne se battait plus ; on se
contentait de ne pas se saluer. N'en serait-il

pas encore un peu de même ? J'ai connu bien des Corses en France ; je les reconnaitrais tous à leur regard, aujourd'hui encore. Mais que de qualités, à côté de défauts fonciers !

En quittant Sartène, nous fîmes étape dans un village où il nous fallut entrer de force dans les maisons qu'on nous fermait au nez. Nous n'y trouvâmes que du bouc, avec lequel nous fîmes la soupe ; si c'était mauvais, ce n'était pas cher.

Je restai trois mois à me morfondre sur le rocher pittoresque, mais lugubre, de Bonifacio, où les vents sont tels que pas un arbre ne pousse sans être incline de quarante-cinq degrés vers l'Italie. Je vis le rocher où, cinq ans auparavant, s'était engloutie la frégate « La Sémillante ».

En décembre, notre lieutenant-colonel vint nous inspecter. En passant devant moi, il me dit : « Le colonel, qui est en permission, m'avait écrit de vous nommer sergent, et, si je ne l'ai pas fait, c'est parce que vous avez demandé à changer de corps. » Je lui répondis que tout ce que je demandais, c'était de m'en aller le plus tôt possible.

Le peu d'affection, que je témoignais pour le 23ᵉ, n'était pas fait pour m'attirer la bienveillance de mes chefs, dont pas un ne s'est occupé de moi, ni dit un mot d'encouragement. Le capitaine Duplan ne m'a jamais adressé la parole. Quant aux sous-officiers, je n'eus à me plaindre que de mon sergent-major, nommé Foucaud, et d'un sergent, nommé Mellet. J'eus la maladresse de réclamer au premier vingt francs que je lui avais prêtés ; le lendemain, il trouva mon escouade malpropre et me consigna huit jours, me donnant ainsi une leçon de tact à sa façon. Le second, ivrogne invétéré, que je retrouvai plus tard soldat au 1er zouaves, cherchait toutes les occasions de nous punir, et les faisait naître au besoin : il mit ma patience et mon respect pour la discipline à une rude épreuve.

Enfin, le jour de la délivrance arriva. Je partis, sans voir personne, accompagné, pendant quelques kilomètres, par deux soldats de mon escouade ; j'avais su gagner, au moins, l'affection de mes subordonnés. J'arrivai le soir à Sartène, où mon camarade Rocassera m'attendait. Je passai quatre jours dans sa famille, traité comme l'enfant de la maison. Sartène produit d'excellents vins, et j'y fis honneur. Je partis un soir, accompagné jusqu'à la diligence par toute sa famille. Je fus bien touché de ces démonstrations amicales, et je dis un adieu attendri à Rocassera que je ne devais jamais revoir. Je fis route avec un cuirassier qui avait trop fêté la dive bouteille, et qui fut un voisin des plus incommodes pendant la nuit.

A Ajaccio, j'allai voir mon colonel qui me dit : « Vous avez tort de quitter mon régiment ; je voulais faire beaucoup pour vous. » Je lui répondis simplement : « J'espère réussir mieux ailleurs. »

Je m'embarquai sur un de ces petits bâteaux mal agencés, qui faisaient le service hebdomadaire entre la France et la Corse. Il ne pouvait probablement naviguer que par le beau temps ; car, quand nous fûmes en pleine mer, il ne put lutter avec le vent debout, et dut rentrer au port. On nous laissa débarquer, en nous disant qu'on ne partirait que quand la mer serait calme. J'appréciai mal ce moment ; car, lorsque je revins au port, je ne vis plus que la fumée du paquebot à l'horizon : mon sac était parti sans moi. Comme j'étais rayé des contrôles du 23ᵉ, je vécus huit jours à mes frais. J'en profitai pour visiter les environs de la ville, ainsi que tous les vestiges du passé impérial. Tout se réduit à peu de choses. Ce qui frappe le plus à Ajaccio, c'est sa rade immense qui pourrait abriter des flottes entières, et qui est une position stratégique de premier ordre.

4

Je partis la semaine suivante, et je retrouvai à Marseille mon havre-sac dans lequel on avait fouillé. Après m'en avoir volé le contenu à Magenta et à Marseille, on me le vola lui-même dans la gare de Lyon ; je l'avais déposé dans la salle d'attente, pendant que je m'absentais un moment. Ah ! il y a d'honnêtes gens dans ce monde !

Je souffris du froid pendant le trajet de Marseille à Paris, qui dura près de quarante-huit heures ; on ne marchait pas vite à l'époque. et la 3ᵉ classe n'était ni rembourrée ni chauffée. L'hiver était rude, la neige tombait, et je dus me réchauffer successivement les pieds, en les plaçant entre moi et la banquette. Je n'étais couvert que d'une capote élimée, et je ne portais pas de flanelle : la mode n'en est venue que plus tard.

J'arrivai enfin à Paris, et je me rendis chez le général Alexandre, gouverneur des palais impériaux, beau-père de mon cousin, le commandant de Potier, dont il avait épousé la mère. Il m'invita à dîner avec le commandant qui était en permission à Paris, et qui me dit de rejoindre le 6ᵉ bataillon de chasseurs à Douai le lendemain, devant arriver lui-même le surlendemain. Il donna des instructions à mon égard, et l'on ne fut pas peu étonné au bataillon

de voir un caporal de la ligne endosser la tenue
de sergent de chasseurs, bien que cette faveur
fut apparente, puisque j'aurais été nommé deux
mois plus tôt au 23ᵉ, si je n'avais pas dû
quitter le régiment. Quoi qu'il en soit, je reçus
un excellent accueil, après que j'eus expliqué
ma situation à mes nouveaux camarades, avec
lesquels nous nous étions battus côte à côte
à Ponte di Magenta. J'avais pour capitaine
M. Cailliot qui est devenu commandant de
corps d'armée; il ne ressemblait guère à son
collègue Duplan du 23ᵉ; il me mit tout de suite
en confiance. Je fus nommé fourrier trois mois
après; puis M. de Potier fut nommé lieutenant-
colonel; il me recommanda à son successeur,
le commandant Cloux, excellent chef qui est
devenu général.

Je fus nommé sergent-major en 1861;
j'avais vingt-un ans et demi : c'était superbe
pour l'époque. Je n'aurais pas été nommé si
rapidement sans des départs et des cassations.
Pour employer le terme consacré, les sous-
officiers aimaient trop la noce; les primes de
rengagement de 1.000 francs avaient propagé
les goûts de dissipation qui ne disparurent pas
avec l'épuisement des primes. L'habitude du
café et autres lieux étaient prises; beaucoup
eûrent recours aux expédients, contractèrent

des dettes, firent du « fourbi » sur la solde et l'ordinaire, exploitèrent les jeunes soldats. Un jour arrivait où la mesure était comble; on était cassé ou rétrogradé. Dans ma compagnie, j'avais deux sergents qui avaient été sergents-majors; mais cela ne les intimidait pas, et ne diminuait pas leur autorité : ils étaient quittes, ayant payé leurs fredaines. Quoique nommé sergent-major dans la compagnie où j'étais fourrier, je n'eus qu'à me louer de la tenue à mon égard de mes collègues de la veille, et je fis, du reste, tout ce qui m'était possible pour leur être agréable, tout en sachant me faire respecter.

J'étais très fier de ma tenue de chasseurs et de mes deux galons en pointe que j'allai montrer un jour au café des Mille–Colonnes, au Palais-Royal, où se réunissaient les élèves de St–Cyr le dimanche. J'y revis mes anciens camarades de l'institution Barbet qui étaient entrés à St-Cyr en 1859, au nombre de trente-sept. Eux, qui allaient être promus sous-lieutenants, me plaignaient de ne pas avoir suivi leur sort, tout en me félicitant de mon grade. Il est certain que j'enviais leur sort, moi qui allais encore attendre l'épaulette plusieurs années; ce qui me consolait un peu, c'est qu'aucun d'eux n'aurait jamais ce que j'avais : la médaille d'Italie !

Pendant les deux années que je passai à Douai, mon existence y fut aussi terne et maussâde que ses habitants et son ciel : hors du café, rien. Nous avions seulement trois jours de distraction par an, lors des fêtes de Gayant. Comme suite d'une légende, on promène dans les rues d'immenses mannequins, représentant un guerrier casqué, dénommé Gayant, son épouse et ses enfants. Le plus petit, appelé Schtiot Binbin, a toujours un grand succès. Des musiques, qui les accompagnent, jouent un ancien air, auquel le peuple a appliqué des paroles aussi saugrenuës qu'inconvenantes. Tous les villages environnants ont expédié leurs contingents ; aussi les cafés, auberges et restaurants sont en liesse. Ce sont des beuveries interminables de bière blanche et brune, de café et de genièvre : un abrutissement complet !

Nous quittâmes Douai en février 1862 pour aller à Lyon. A Dijon, je trouvai le 23ᵉ de ligne qui était rentré en France. J'étais enchanté de montrer mes galons de sergent-major à quelques-uns qui m'avaient connu ; j'eus le regret de ne pas rencontrer le sergent-major Foucaud auquel j'aurais dit deux mots : il avait pris son congé.

A Lyon, ville très agréable, nous ne nous

ennuyâmes jamais : on y trouve maintes
distractions. Puis, notre service était sévère ;
car le maréchal Castellane ne nous laissait pas
chômer. Ce n'était qu'exercices, parades, petites
guerres, alertes, et les courses étaient longues.
On prenait ou défendait le camp de Sathonay ; il
y avait toujours quelque blessé par les baguettes
de fusil ou des balles oubliées dans le canon
par des maladroits. Nous changions de caserne
tous les six mois, des Brotteaux à la Croix-
Rousse, puis au camp de Sathonay.

Pendant un séjour au camp, on parlait de
revenant qui se montrait la nuit ; un vieux sergent de mon bataillon, grand buveur d'absinthe,
se promit d'en avoir raison. Une nuit, sans rien
dire à personne, il prit sa carabine, et, par un
beau clair de lune, il tua un soldat en chemise
allant à la feuillée. Il était médaillé ; il obtint du
conseil de guerre les circonstances atténuantes.

Le maréchal Castellane avait l'horreur de la
tenue bourgeoise ; jusqu'à son dernier jour, il
garda son uniforme ; il portait son chapeau à
plumes blanches à l'envers, et avait toujours à
la main son bâton de maréchal. Les officiers, qui
se mettaient en tenue bourgeoise, savaient à
quoi ils s'exposaient ; à ce sujet, on disait que le
Maréchal avait une police de femmes qui lui
désignait les délinquants. Cela me parait bien

improbable, étant donné son caractère chevaleresque. Quoi qu'il en soit, on ne voyait que des
officiers en tenue ; j'ai vu un général, traversant
la place Bellecour par une pluie battante, préserver sa grande tenue avec un parapluie. Je
ne crois pas que le Maréchal eut permis, ni
toléré cette mode chinoise. Il allait chaque jour
à cheval visiter son tombeau qu'il avait fait
construire sur la route du camp, et sur lequel
on lisait ces simples mots : *Ci-jît* un soldat.

Un an après notre arrivée, nous conduisimes
notre vieux Maréchal à sa dernière demeure. Il
laissa un vide ; car il était aimé malgré, et
peut-être à cause de ses originalités. Le Maréchal Canrobert lui succéda et le fit regretter. Il
était alors dans tout l'épanouissement de son
orgueil ; le bâton lui avait un peu tourné la
tête. Il commit des excentricités, mais moins
drôles que celles de son prédécesseur. Il
voulait, par exemple, se faire rendre les honneurs dans la cathédrale ; il fallut que le clergé
s'interposât pour empêcher les tambours et les
clairons de battre et de sonner aux champs, là
où Dieu seul a droit aux honneurs. Au Préfet
du Rhône, qui offrait son bras à la Maréchale,
il déclara qu'elle ne pouvait prendre d'autre
bras que le sien. Il aimait beaucoup les parades
sur la place Bellecour ; il passait lentement

devant les représentants de chaque corps,
pérorant et agitant ses longs cheveux. Il affec-
tionnait notre bataillon, dont il avait été autrefois l'adjudant-major. Un jour, en passant
devant nous, il s'écria : « Eh bien ! Messieurs
les sergents-majors, vous venez de passer
l'inspection générale. Avez-vous été contents de
votre général, et votre général a-t-il été content
de vous ? » Naturellement, nous restâmes muets,
en présentant les armes que nous inclinions en
signe d'approbation, et il passa, enchanté de
son *speach*. Il faisait ensuite former le cercle à
tous les généraux, et il les haranguait, en parlant
le plus haut possible. Il aimait et recherchait la
popularité ; mais il frisait quelquefois le ridicule.
Sa bonté, sa bienveillance, son dévouement et
ses hautes qualités lui faisaient pardonner ses
petits travers.

En 1862, le 62ᵉ de ligne se prépara, au
camp de Sathonay, à partir pour le Mexique.
J'allai trouver le colonel Aymard, commandant
le régiment, pour lui demander à entrer dans
son régiment ; j'étais décidé à rendre un galon
et à partir comme sergent. Le colonel me
répondit qu'il ne pouvait me recevoir que
comme voltigeur. Je revins bredouille.

Le temps s'écoulait et je piétinais sur place,
étant le troisième sur le tableau d'avancement.

Comme on ne nommait un sous-lieutenant que tous les dix-huit mois environ, je devais attendre l'épaulette au moins quatre ans. A cette époque, on s'éternisait dans le grade de sergent-major ; je voyais des collègues d'autres corps ayant dix ou douze ans de grade. Une simple carte de visite vint modifier ma destinée.

J'étais au camp de Sathonay en 1863, au moment de l'inspection générale, quand je reçus la carte d'un ancien collègue du 10ᵉ bataillon, à Douai, nommé Campourcy, m'annonçant sa nomination d'adjudant à l'Ecole impériale spéciale militaire. Je me dis que puisqu'il m'annonçait sa nomination, c'est qu'elle devait être avantageuse. Je conclus qu'il serait utile pour moi de l'imiter, et j'allai trouver mon capitaine qui m'approuva. Je fus proposé à l'inspection générale, et je fus nommé en janvier 1864, au grand étonnement de mes collègues auxquels je n'avais rien dit, pour éviter toute concurrence.

II

Je quittai le sac avec joie, et j'endossai avec fierté le costume élégant d'adjudant à St-Cyr. Il y avait huit adjudants d'infanterie, quatre d'artillerie et trois de cavalerie ; nous vivions ensemble à la même table, et nous étions nourris gratuitement par l'Ecole. Il y avait un adjudant d'infanterie par compagnie, où nous remplissions de fait les fonctions de sous-lieutenant, chaque compagnie n'ayant qu'un lieutenant ; les capitaines commandaient deux compagnies. Nous portions le képi de sous-lieutenant, la dragonne en or, les épaulettes et les aiguillettes en or, comme les officiers, mais passementées de soie rouge. Nous sortions en tenue bourgeoise. Notre position avait donc de grands avantages ; mais ils étaient largement compensés par le service ardu, délicat, fatigant auquel nous étions astreints. Levés les premiers, couchés les derniers, exposés à toutes les intempéries dans les cours, les corridors, les dortoirs, il fallait joindre une activité dévorante à une santé de fer. Il fallait, avec les élèves, être ferme sans rigueur, se méfier de ses gestes et de ses paroles, être toujours sur l'œil, déployer un tact continu, conserver toujours sa dignité, et avoir une tenue irréprochable. Notre autorité sur les élèves était en rapport direct avec notre valeur personnelle ; le grade n'y était pour rien ; nous n'étions pour eux que des sous-officiers, des bas-offs ! Il saluera ! c'était leur mot vengeur. C'est vous qui saluerez, dis-je un jour, à la stupéfaction de l'entourage ; quelques-uns s'en sont souvenus. C'était donc un métier difficile et ingrat, d'autant plus que les officiers avaient un faible pour leurs élèves, et quelques-uns se rappelaient trop avoir eu autrefois maille à partir avec les adjudants, quand ils étaient élèves eux-mêmes. Nous étions donc entre l'enclume et le marteau.

Je restai dix-huit mois à l'école, et je me suis toujours félicité de ce passage dans ce milieu distingué, qui m'obligea à l'étude des hommes, à la concentration sur soi-même, à la réflexion constante, à la pondération, et au travail technique du métier militaire. Il fallait très bien connaître les théories et les règlements, afin d'être pris au sérieux par les chefs et par les élèves. Je pus me fortifier aussi beaucoup sur l'équitation.

Je retrouvai à St-Cyr plusieurs de mes camarades de St-Louis et de l'institution Barbet qui s'étaient engagés pour continuer à concourir. Je vis aussi arriver un de mes bons camarades du collège de Lunéville, nommé Brionval qui, pour récupérer le temps perdu, choisit l'infanterie de marine, et qui est mort au Tonkin comme lieutenant-colonel. Je me trouvais dans une situation assez fausse parce que, avec mon emploi, j'étais obligé de mettre de côté toute camaraderie. Je fus brouillé avec le sergent-major de ma compagnie, ancien camarade de St-Louis, pour avoir refusé de lever une punition infligée à un ancien, qui avait renversé le lit d'une recrue sous mes yeux. Comme cet élève était mal coté, le général lui infligea, de ce fait, trente jours de prison.

Je dus punir un autre sergent-major, pour m'avoir fait une réponse inconvenante : il fut remis sergent. Une punition de quinze jours de prison fut infligée à un caporal qui avait défendu à des recrues d'exécuter un ordre que je leur donnais. J'acquis ainsi une réputation de sévérité qui décida les élèves à s'observer quand j'étais de service. Comme je n'ai jamais cherché à les prendre en faute, et que je ne punissais que ceux qui le voulaient bien, je fus bientôt l'adjudant qui punissait le moins. Je vécus sur ma réputation première, et, grâce à ma réserve et à mon impartialité, je fus, sinon aimé, du moins estimé. J'en acquis plus tard la preuve, quand je retrouvai, comme officier, des collègues qui m'avaient connu à St-Cyr. L'un d'eux, résumant l'opinion, me dit ; « Au moins, avec vous, on savait à quoi s'en tenir. »

J'avais pour chefs directs le capitaine de la Chasse de Vérigny, et le lieutenant de Morancy, cousin du général l'Abadie d'Aydren, commandant l'école. Ils ne cessèrent de me témoigner de la confiance, et me traitèrent aussi bien que si j'avais été officier. Je notais les élèves de recrue à la place de mon lieutenant. Ah ! si on l'avait su ! Nous avions pour chef de bataillon, le commandant Fistié, homme un peu rude, que les élèves avaient surnommé le Bouc, à cause de sa grande barbiche : j'eus avec lui les meilleurs rapports.

En revanche, je n'eus pas à me louer du lieutenant-colonel Rébillard, commandant en second, que les élèves avaient surnommé Golo, nom du persécuteur de Geneviève de Brabant. Il avait un caractère maussade, hargneux, agressif et méfiant. Il me consigna huit jours pour ne pas m'avoir trouvé dans le corridor, lors de son passage, pendant ma garde, et cela sans explication. Il avait inscrit simplement le libellé de punition sur le carnet de service à la salle de garde. Je lui prouvai que, si je n'étais pas, à ce moment-là, dans le corridor, je n'en faisais pas moins mon service ailleurs. Il dut lever ma punition, mais je le pris en grippe ; il n'était aimé par personne.

Il me fit venir un jour chez lui, et me demanda si les officiers de garde signaient réellement leurs rondes aux heures fixées, ou s'ils les signaient après coup. Je profitai de cette

maladresse pour lui dire que cela ne me
regardait pas, et que je n'étais pas un mouchard;
puis je partis en faisant claquer les portes. Il
me poursuivit en m'appelant : « Monsieur
l'adjudant ! Monsieur l'adjudant !....» Je fis le
sourd, et, comme je rencontrai le commandant
Fistié, je lui racontai l'affaire, en ajoutant que
j'allais me plaindre au général. Il me dit : « N'en
faites rien ; j'y vais moi-même. » Je n'ai jamais
su ce qui se passa chez le général ; en tout cas,
le terrible Golo n'eut pas le beau rôle dans cette
affaire qui me posa bien dans l'esprit des
officiers.

Quand l'époque de ma nomination approcha,
j'allai voir, au Ministre de la Guerre, M. Colson,
chef du bureau de l'infanterie. Je lui exposai
combien il était nécessaire que je fusse envoyé
dans un corps en campagne, afin de récupérer
le temps que j'avais perdu, fallût-il même
attendre un an de plus ma nomination. Il
demanda mon dossier, et, après l'avoir consulté,
il me dit : « Quand on a d'aussi bonnes notes,
on peut tout demander. Vous pouvez dormir
sur vos deux oreilles. »

Effectivement, je fus nommé le 13 août 1865,
sous-lieutenant au 1ᵉʳ régiment de zouaves, au
Mexique. J'avais vingt-six ans et, par conséquent, quatre ans de retard sur mes camarades;

mais je partis avec l'espérance de les rattraper.

Je devais m'embarquer le 14 septembre à St-Nazaire ; j'eus donc tout le temps pour m'équiper, ce que je fis avec le plus grand soin. Je me munis notamment de deux excellentes paires de souliers de chasse, se nouant par devant. Je savais déjà combien les bottes sont peu pratiques pour la marche. Le but du fantassin est de marcher indéfiniment, et l'on n'y parvient qu'avec des chaussures à talon plat, semelle débordante, pouvant être serrées ou desserrées à volonté. Combien d'années ne fallût-il pas encore attendre pour doter le soldat de cette chaussure hygiénique et pratique !

CHAPITRE IV

CAMPAGNE DU MEXIQUE.
SAINT-THOMAS — LA HAVANE — VERA-CRUZ.

Je m'embarquai donc le 14 septembre 1865, sur *La France*, paquebot de la Cie transatlantique, récemment construit. Il était alors considéré comme le bateau idéal ; il avait 120 mètres de long et offrait tout le confort désirable. Notre traversée fut excellente.; la saison était la plus propice. Je fus logé dans une cabine avec le sous-lieutenant Dépruneaux, qui allait rejoindre le 81e de ligne : il est devenu colonel des sapeurs-pompiers de Paris.

Nous étions de nombreux officiers à bord. Je nommerai d'abord le lieutenant-colonel Fistié, mon commandant de St-Cyr, qui allait rejoindre le 62e de ligne. Cet excellent officier supérieur eut à Gaymas la fin la plus tragique : il se brûla la cervelle dans un accès de fièvre chaude. Nous causâmes beaucoup, pendant la traversée, et il me donna d'excellents conseils.

Un autre officier supérieur que je fus heureux de trouver à bord, fut le commandant Parguès, du 1ᵉʳ zouaves, un des héros de Palestro ; il revenait de congé de convalescence. C'était le vrai type du soldat d'Afrique, ne rêvant que plaies et bosses. Il me fit le meilleur accueil.

Nous avions le commandant d'Espeuille, devenu commandant de corps d'armée, allant rejoindre son régiment de cavalerie, le capitaine Magnan, de l'état-major, de nombreux officiers composant le cadre d'un nouveau bataillon de légion étrangère, parmi lesquels mon camarade Moutiez, ancien adjudant de St-Cyr, le seul officier de son bataillon qui sortit sain et sauf d'un guet-apens du côté de Monterey. Il y avait M. Langlois, conseiller d'État, envoyé au Mexique pour réorganiser les finances ; déjà âgé, il devait être la victime du climat, avant d'avoir pu agir; il était accompagné de son fils et de plusieurs fonctionnaires du ministère des Finances. Il y avait de nombreux passagers civils des deux sexes, dont beaucoup de Mexicains retournant dans leur pays. J'avais à ma table un jeune ménage fort aimable, s'en allant, disait-il, avec le frère du mari, fonder une maison de commerce à Mexico : ils exhibaient montres, diamants, etc. Au fait, les deux frères avaient dévalisé leur patron, et on les arrêta à Mexico ; la femme ignorait tout et fut rapatriée. Salutaire leçon pour se méfier de ses voisins en voyage.

La mer étant fort belle, la traversée fut très gaie ; on organisa bals et concerts. Un médecin américain me donna d'excellents conseils d'hygiène en pays chauds ; je les ai suivis et m'en suis bien trouvé. Sous les tropiques, on est exposé à de terribles dangers, et les imprudences se paient chèrement.

Nous fîmes escale à l'île St-Thomas, du groupe des îles vierges, appartenant aux Danois ; au fond du port, les maisons, aux multiples couleurs, se fondent dans un océan de verdure. De loin, c'est fort beau ; la désillusion vient en débarquant au milieu d'une population pouilleuse de nègres et de mulâtres, cherchant tous à vous exploiter. On est harcelé par d'horribles négresses qui cherchent à s'imposer à votre admiration. On voit la statue de Barbe-Bleue, ancien forban, seule illustration du pays : il tient un torche enflammée d'une main, un coutelas de l'autre. Il faisait tellement chaud que, chez un anglais, vendant de tout, j'achetai une chemise pour l'endosser ; au bout d'une demi-heure, elle était trempée comme l'autre ; nous gagnâmes, plusieurs d'entre nous, une urticaire fort désagréable par suite de ses chaleurs incessantes.

Nous nous arrêtâmes deux jours à la Havane, ville fort originale, mais n'offrant, en dehors des églises, rien de particulier à visiter. Nous commençâmes à nous apercevoir que tout, en Amérique, coûtait beaucoup plus cher qu'en France. Je pensais trouver d'excellents cigares à bon compte ; je dus payer un réal (50 centimes), un cigare très ordinaire. Le commandant Parguès nous offrit du champagne au café du Louvre, à 20 francs la bouteille. Nous payâmes 15 francs la journée d'hôtel, très modeste, sans vin bien entendu, la moindre bouteille de vin coûtant 5 francs. Des officiers espagnols nous pilotèrent avec beaucoup d'amabilité. Il y avait des cas de fièvre jaune ; mais on n'y fait là pas plus attention qu'à une fièvre quelconque. Nous eûmes un avant-goût du supplice infligé par les moustiques en terre chaude.

Dans le golfe du Mexique, la phosphorescence devint intense ; on semblait naviguer sur une mer en feu ; on pouvait lire la nuit au sillage du navire, qui semblait un long ruisseau incandescent. Un soir, nous assistâmes à un spectacle inoubliable. Vint un orage ; on jeta à la mer la chaine des paratonnerres qui étaient terminés par une aigrette de feu. Les éclairs se fondaient avec les vagues phosphorescentes : c'était une féerie. Là-bas, seulement, il est donné de voir cela.

Nous approchions du Mexique, et la conversation roulait sur les surprises qu'il nous réservait, à commencer par le vomito, surtout en débarquant à Vera-Cruz, ville dont la réputation est déplorable. Il est certain qu'elle est justifiée. L'aspect des environs est désolé ; les habitants ont le teint couleur safran ; les zopilotes, gros vautours, sautillent dans les rues et sur les toits : ce sont des oiseaux sacrés, mangeurs de cadavres, chargés du nettoyage de la ville. Quoique commençât la période où la fièvre jaune disparaît, à la suite du Norte, le grand vent chasseur de miasmes, plusieurs personnes en furent atteintes en débarquant : un clairon, qui sonnait en arrivant, mourut très rapidement. Pour maintenir le moral en bon état, nous fîmes un bon déjeuner, arrosé de champagne, et nous bûmes à nos santés et à nos succès.

II

DE VERA-CRUZ A MEXICO

Nous partîmes le jour même en chemin de fer pour Paso del Macho, terminus des terres chaudes, chemin de fer tout à fait rudimentaire. En allant à la gare, j'arborai un grand chapeau de paille que j'avais acheté à St-Thomas ; je reçus immédiatement un coup formidable sur l'occiput ; c'était le soleil qui m'avertissait que cette coiffure était absolument insuffisante contre ses rayons perpendiculaires. Je sautai sur un arbuste qui produisait de larges feuilles, et j'en intercalai une bonne quantité sous mon chapeau. Si l'insolation est redoutable partout, elle est mortelle sous les tropiques, ou vous rend paralysé ou fou : on en a vu maints exemples. Aussi, est-il incompréhensible qu'on n'ait pas donné aux troupes le casque indien, si on ne voulait pas lui donner le sombrero mexicain. On tolérait, il est vrai, pendant les marches, que les hommes missent, par-dessus leur képi ou leur chéchia, des chapeaux de paille ; mais c'était insuffisant et disparate. La plupart des officiers usèrent du sombrero, et je les imitai ; il servait aussi de parapluie avec ses larges bords.

Les guerillas faisaient dérailler le train, quand ils pensaient pouvoir piller : on avait alors pris l'habitude de faire accompagner les trains par une escorte de nègres du Soudan enrégimentés ; c'était de superbes noirs envoyés par le vice-roi d'Egypte pour faire le service en terre chaude : ils n'en furent pas moins fort éprouvés par le climat. Leur attitude était héroïque en face de tous les dangers ; les guerillas les redoutaient par-dessus tout. La plupart reçûrent la médaille militaire. Ils étaient habillés de blanc, avec fez et ceintures rouges.

Nous arrivâmes le soir à Paso del Macho (pas du mulet), où nous couchâmes dans un camp infect. Je ne dormis pas une minute, harcelé par les moustiques. Un convoi fut organisé ; et nous partimes le lendemain pour Cordova, où nous restâmes deux jours : c'était le paradis après l'enfer.

La végétation luxuriante vous défend contre les rayons du soleil ; la chaleur est moins forte. Jusqu'à Orizaba, on se trouve dans la zòne des terres tempérées. On voit voler les perroquets par bandes, les oiseaux-mouches et les papillons de toutes couleurs. Tout est admirable ; mais des fièvres telluriques terribles vous menacent sous ces ombrages enchanteurs. Comme compensation aux beautés du paysage, les routes étaient détestables ; nous étions au lendemain de la saison des pluies, et il fallait suivre des pistes; si non on risquait de tomber dans des trous de boue et de s'y enlizer : un cheval, tombé dans un ces trous, à la suite d'un écart, ne montrait plus que la tête. Au fur et à mesure que nous montions vers Orizaba, les routes devenaient meilleures, et je partais souvent, avant le convoi, pour marcher plus à l'aise. Je rencontrai, un matin, un petit Indien qui me demanda à boire ; je lui tendis ma gourde. En me remerciant, il me montra du doigt la forêt, en disant : « « Hay ladrones » (Il y a des voleurs). Je crus bon de faire la sieste, en attendant le convoi, et je ne commis plus l'imprudence de partir seul en avant.

Orizaba est une petite ville, sans aucun caractère, mais plantée au milieu de jardins ravissants. C'est la nature qui fait tous les frais. Nous y trouvâmes un détachement des soldats autrichiens qui étaient venus au Mexique avec Maximilien : c'était de beaux hommes, mais peu faits pour la guerre de guérillas. En venant au Mexique, ils avaient rêvé monts et merveilles : la désillusion fut complète. Il en fut de même pour la légion belge qui avait accompagné l'impératrice Charlotte.

Les officiers autrichiens en question étaient d'enragés joueurs ; ils passaient leur temps à jouer au monté, jeu national mexicain. La Hongrie avait envoyé une énorme quantité de vin qu'elle offrit aux autrichiens ; les officiers n'hésitèrent pas à en faire commerce, à Orizaba, comme à Puebla, où se trouvait un autre détachement. Je n'ai cessé, pendant mon séjour dans ces places, de boire de cet excellent vin qui coûtait moins de 1 franc le litre, alors que le vin se vendait 5 francs la bouteille. Je n'hésitai pas à en acheter plusieurs hectolitres pour les distribuer à mes futurs camarades du 1er zouaves.

Le jeu était la plaie du Mexique ; la passion du jeu est dans le sang des Mexicains, et elle est contagieuse. Que de ruines elle a causé même chez les officiers français ! Que d'avenirs brisés par le tapis vert ! Que de fautes et de compromissions ! J'ai connu un capitaine très remarquable, commandant une compagnie franche, qui gagna une nuit à Tacubaya quelques cent mille francs ; comme il n'y avait pas de billets de banque, les onces d'or et les piastres faisaient la charge de deux porteurs qui l'accompagnèrent jusque chez lui. Il ne put se faire ouvrir la porte, et dut revenir à la salle de jeu, où il reperdit tout, avec quelques mille francs en sus. Après une existence comme celle qu'il mena plusieurs années, il ne se sentit plus capable de reprendre en France le trantran du service ; il entra comme lieutenant-colonel de gendarmerie dans l'armée mexicaine, tomba dans une embuscade, et fut pendu. Il ne fut pas le seul qui finit mal. J'avais une terreur instinctive des salles de jeu, et je ne m'y hasardai jamais ; il en fut de cela comme de l'absinthe, dont j'eus toujours la crainte salutaire, bien que les tentations n'aient pas manqué autour de moi.

Nous restâmes dix jours à Orizaba ; je visitai le mont Borrego sur lequel était campée l'armée mexicaine qui, en 1862, après l'échec de Puebla, menaçait les Français en retraite. Le lieutenant Détrie du 2e zouaves, conseillé, dit-on, par une vieille indienne, escalada la nuit, par un chemin de chèvre, les hauteurs avec une centaine d'hommes, et surprit les Mexicains en plein sommeil. Il s'ensuivit une panique effroyable et une déroute complète, les Mexicains se tuant entre eux et se précipitant des hauteurs. Le lieutenant Détrie fut promu du coup capitaine et chef de bataillon ; il est devenu général de division.

Nous quittâmes ces admirables terres tempérées pour faire l'ascension des Cumbres, ces piliers du haut plateau de l'Anahuac qui constitue les terres froides, dont l'altitude moyenne dépasse 2.000 mètres ; mais le froid n'y est que relatif. On n'y trouve qu'une maigre végétation ; mais il y a des quantités considérables de cactus, de nopals et surtout de magueys dont la sève fermentée, appelée pulque, constitue la boisson nationale. Fraîche, elle est pétillante, agréable et très saine. En vieillissant, elle devient alcoolique ; elle est alors capiteuse ; les indiens en font abus dans des pulquerias, où ils absorbent aussi du mezcal, provenant de la distillation de la pulpe du maguey.

Depuis la Soledad, premier village rencontré au sommet des Cumbres, jusqu'à Puebla et San Martino, s'étend une plaine immense bornée à l'ouest par ces superbes montagnes, aux neiges éternelles, qu'on nomme le Popocatepetl et l'Iztaccihualt, se prolongeant par les hauteurs de Rio Frio. et ayant en face d'elles, à l'est, la Malinche, superbe montagne à pic qui rappelle notre mont Canigou ; en se retournant, on voit se profiler dans l'azur la cime neigeuse du pic d'Orizaba. Des trombes de sable se forment continuellement, ressemblant à des colonnes de cathédrale en marche. La pureté et la raréfaction de l'air rapprochent considérablement les objets, en leur donnant une netteté parfaite, ce qui est une cause d'erreurs pour l'appréciation des distances. On reste émerveillé par les tableaux splendides qui se déroulent devant les yeux.

La ville de Puebla de los Angeles (cité des Anges) est bien mal nommée ; car elle n'offre rien d'angélique ni de remarquable, à moins qu'on ne considère comme tel les nombreux

dômes et clochers qui en émergent. La cathédrale seule est réellement belle ; toutes les
églises sont construites dans le même style,
sans grand caractère : leurs tableaux sont
souvent d'un réalisme écœurant. Partout, c'est
la même chose.

Puebla venait de subir deux sièges fameux ;
le second valut à Bazaine le bâton de maréchal,
hélas ! Nous ne restâmes que deux jours à
Puebla, puis nous allâmes camper à Rio Frio,
le bien nommé, situé à 3.000 mètres d'altitude,
au pied de l'Iztaccihualt qui lui envoie ses vents
glacés. Les transitions de température sont
terribles sur ces hauteurs. Quand, de là, le
lendemain, nous aperçûmes la vallée de Mexico,
nous fûmes saisis d'admiration. Elle forme un
immense ovale, dont Mexico est le centre,
entouré de tous côtés par une ceinture de
montagnes. On voit miroiter le soleil sur les
lacs, au nombre de six, dont le plus grand est
celui de Tezcoco. Toutes mes lectures d'enfance
me revinrent à l'esprit, et ce n'est pas sans
émotion que je regardais ces lieux, témoins de
ces grands faits historiques, et que j'entrai
ensuite dans cette capitale des Montezuma et
des Fernand Cortez.

Mexico est une grande ville, dont toutes les
rues sont perpendiculaires ; sauf la cathédrale,

il n'y a pas de monuments remarquables ; le palais de l'Empereur n'était qu'une grande bâtisse, sans le moindre cachet. La ville était sans cesse inondée, lors de la crue des lacs, et était fort malsaine: fièvres, typhus, maladies de foie, anémie. En outre, son altitude de 2.200 mètres, avec ses perfides écarts de température, contribue beaucoup à la dépression physique. Pour mon compte, je ne ressentis aucun malaise, et m'y trouvai fort bien.

Mon régiment était à Queretaro, et avait à Mexico un petit dépôt, dont le commandement était exercé par le dernier sous-lieutenant qui rejoignait le corps : j'étais donc désigné d'office. Je ne fus pas fâché de rester quelque temps à Mexico pour m'initier dans la capitale aux us et coutumes du pays ; mais je n'en vis naturellement que la surface. J'étais tellement heureux de ma situation actuelle, que j'étais tout disposé à voir tout en beau, au travers du prisme de la jeunesse.

Je vis l'Empereur dans tout son apparat : il n'était pas pris au sérieux par la population. C'était un rêveur, et il eut fallu un condottière ; il s'occupait d'entomologie dans son palais de Chapultepec ! Et le maréchal Bazaine ne faisait rien pour le galvaniser et faciliter sa tâche, bien au contraire. Il jouait déjà son double jeu.

Son neveu, Albert Bazaine, sous–lieutenant au 3ᵉ zouaves, qui était son officier d'ordonnance, dit naïvement un jour : « Nous aussi nous avons un parti au Mexique ». Ces simples mots ne donnent–ils pas la clef de la tactique du maréchal ?

Je fus de garde un jour au palais de l'Empereur. A 11 heures, un superbe majordome vint m'annoncer que mon déjeuner était servi. Je montai, et me trouvai avec les dames d'honneur de l'Impératrice, qui me firent placer à leur table ; c'était vraiment original. Je me trouvais à côté de la princesse de Tezcoco, jeune femme au type indien, belle et gracieuse, descendante de Montezuma, disait-on. Nous étions servis par des laquais autrichiens, et le déjeuner fut très gai, ces dames n'étant pas collet-monté : je me croyais rêver. Malheureusement, je parlais mal espagnol, et ces dames parlaient peu français, de sorte que la conversation en souffrit.

Un matin, je rencontrai un ancien sous-lieutenant des zouaves de la Garde, que j'avais connu aux chasseurs, qui devait s'embarquer avec nous pour rejoindre la légion étrangère, et qui avait été rappelé à Paris. Il m'apprit qu'il était passé devant un conseil d'enquête et qu'il avait été mis en non activité parce qu'il avait

25.000 francs de dettes ; il parlait de cela avec un air dégagé ! Il me dit avoir demandé une audience à l'empereur qui lui avait fait cadeau d'une superbe montre en or, alors qu'étant grand-duc, il l'avait escorté à Paris. En exhibant ce souvenir, je lui demanderai de me nommer capitaine dans la Garde palatine, me dit-il. J'ai rarement vu d'homme ayant plus d'aplomb, et sous des dehors très séduisants. Très fin et intelligent, du reste, ce qu'on peut appeler un homme dangereux. Quand je le revis, il me dit que l'Empereur l'avait parfaitement reçu, et l'avait décoré de l'ordre de Guadalupe dont il portait le ruban, mais qu'il n'avait pu le nommer dans sa garde, faute de place. Il ajouta que, n'ayant pas de temps à perdre, il était allé voir un jeune sous-intendant, qu'il avait connu aux zouaves de la Garde, et que ce dernier lui avait octroyé une place de munitionnaire à Puebla, où étaient les autrichiens. Je le retrouvai à Puebla, lors de notre départ ; j'en reparlerai, car c'est un cas intéressant.

Je m'étais logé à l'hôtel Iturbide ; nous recevions un supplément de solde de 9 francs par jour, et une indemnité de logement de 200 francs par mois. Je touchais à Mexico environ 600 francs par mois. Ma chambre me coûtait 100 francs, et ma pension 100 francs, vin non compris. Il était donc possible de faire des économies, et beaucoup d'officiers en firent, et prirent des traites sur la France. Il se fit même à ce sujet un commerce illicite de la part de quelques individus peu délicats : les traites, délivrées par le Trésor, étaient réservées aux officiers et fonctionnaires français qui ne subissaient pas la perte au change ; les commerçants la subissaient, au contraire. En faisant prendre des traites par un officier français, ils ne subissaient aucune perte, et partageaient le bénéfice. J'ai connu ce trafic, parce qu'on me l'a proposé, et qu'on a trouvé mon refus extraordinaire, étant donnés les précédents. Je n'ai pas fait d'enquête ; mais j'ai acquis la certitude que le fait était vrai. Le sens moral s'atrophie peu ou prou dans ces pays de jeu et de licence. Le Mexique était le rendez-vous de tous les gens tàrés qui y arrivaient de gré ou de force ; les pays exotiques ont toujours servi d'exutoire.

Le plus beau spécimen de cette catégorie fut le fameux colonel Dupin qui fut mis en non-activité pour avoir mis en vente des objets précieux, volés au pillage du Palais d'Eté, à Pékin. C'était un panier percé, jouisseur et joueur à outrance. On l'expédia au Mexique où, ne sachant qu'en faire, le Maréchal lui donna le commandement d'une contre-guérilla dans les terres chaudes ; il espérait probablement qu'un bon accès de vomito le débarrasserait de cet homme encombrant ; le colonel Dupin était de fer, et il est mort dans son lit. Il vivait en satrape, commettant toutes les exactions, voire des crimes ; c'était pour les enfants le croque-mitaine dont on les menaçait, quand ils n'étaient pas sages. Il choisissait lui-même ses soldats payés 5 francs les fantassins, et 7 fr. 50 les cavaliers ; il avait une garde qui ne le quittait pas, car il se savait menacé, et pour cause. Que la légende ait brodé sur ses faits et gestes, c'est bien possible ; mais personne n'ignorait qu'il était capable de tout.

Pressé par l'opinion, le maréchal envoya un sous-intendant, nommé Vuillaume, pour s'assurer s'il n'existait pas de passe-volants, comme on l'assurait. Le colonel le reçut très bien, fit faire l'appel des hommes présents sur les contrôles ; « quant aux absents, lui dit-il, ils sont détachés assez loin, et vous pouvez aller les compter ; mais je ne vous le conseille pas : les routes ne sont pas sûres ». L'inspection en resta là, et M. Vuillaume retourna bredouille à Mexico. Le maréchal se décida à envoyer à la contre-guérilla un commandant en second. L'officier supérieur désigné fut le commandant

Delloye du 3ᵉ zouaves qui nous raconta en 1871, pendant l'insurrection de Kabylie, ce qui s'était passé entre Dupin et lui. Le colonel voulut lui faire signer certains comptes, ce à quoi il se refusa formellement, ne voulant en rien engager sa responsabilité. Dupin prit un air menaçant, et mit son revolver sur la table ; le commandant l'imita. « Vous ne voulez pas signer ? » dit Dupin, la main sur son revolver. — Non, répondit le commandant. — « Vous pouvez alors vous retirer ». Le commandant sortit à reculons, le revolver en main, prêt à faire feu. « Il eut été capable de me tuer, nous dit le commandant, il aurait imputé ma mort à un accident ; je ne demandai pas mon reste, et je rentrai à Mexico ». L'affaire n'eut pas de suite. Le commandant Delloye est devenu général de division. Le maréchal imposa quand même à Dupin un commandant en second, qu'il fallut accepter et supporter.

On en était arrivé à ne s'étonner de rien, et le maréchal savait fermer les yeux sur bien des choses, d'abord pour éviter des scandales qui eussent fait pousser, à l'opposition, à Paris, des cris de paon ; puis, parce qu'il avait besoin lui-même d'indulgence pour son passé, et ses agissements louches qui étaient connus. Il cherchait sournoisement à déconsidérer l'Em-

pereur, et à saper le peu d'autorité qu'il avait.
S'il eut abdiqué, il restait maître de la situation,
et il n'était pas homme à reculer devant un
pronunciamiento; qui l'eut empêché de se faire
proclamer Dictateur ? Il a prouvé qu'il était
homme de toutes les compromissions, étant
absolument dénué de sens moral. A son départ,
ne voulait-il pas vendre à son profit le palais
que l'Empereur lui avait affecté ? On eut toutes
les peines du monde à lui faire comprendre que
ce n'était qu'une cession temporaire qui lui
avait été faite, pour le loger gratuitement et
dignement.

Par sa femme, qui était mexicaine, il cherchait des appuis ; il faisait beaucoup de popularité, sortant sans apparat, avec un couvre-
nuque et la médaille militaire à la pelisse. Un
capitaine du train l'avait pris pour un vieil
adjudant, et était très étonné de ne pas recevoir
son salut ; on le détrompa heureusement, sans
quoi il l'eut apostrophé. Il arrivait de France, et
ne connaissait pas le maréchal, ni ses habitudes.
L'armée, en général, n'aimait ni n'estimait
Bazaine. Il avait fait construire, lors du départ,
une roulotte pour conduire sa famille à Vera-
Cruz ; comme il y avait des water-closet, on
l'appelait la voiture d'évacuation.

Je n'eus guère l'occasion de fréquenter

beaucoup les indigènes, et, par conséquent de les étudier. Je les connaissais par ouï-dire, et ce que j'en savais me disposait peu à m'en rapprocher. Je refusais systématiquement les invitations qui m'étaient adressées par les personnes chez qui j'étais logé. Les mœurs étant dissolues, il fallait se garer de toutes les invites, pour éviter des souvenirs cuisants. On nous trouvait fiers, et l'on se rattrapait sur nos ordonnances qu'on trouvait plus accomodants. Chantage et contamination : voilà ce qui vous menaçait, en haut comme en bas de l'échelle sociale. Combien de malheureux sont morts ou revenus avec la santé ruinée ! C'était effrayant.

On rencontrait, sans le chercher, un manque de tenue et de pudeur inconcevable. On m'a assuré qu'à l'arrivée des français à Mexico, les dames recevaient les visites, assises sur des chaises percées. J'ai tout lieu d'y croire, parce que dans mes pérégrinations, j'ai constaté que souvent les femmes de la maison allaient s'asseoir côte à côte dans les water-closet, et y restaient indéfiniment, pour faire la causette, pendant qu'une servante se trouvait près de la porte, ravaudant ou tricotant. Et si vous arriviez, comme cela fut mon cas, la servante ouvrait la porte, en disant : « Pase usted » (Entrez), et les occupantes de pouffer de rire. C'est le cas de dire comme la chanson : Il faut le voir pour le croire.

Je ne parlerai ni courses de taureaux, ni des combats de coqs : le sujet est épuisé. Je ne veux pas m'appesantir sur la moralité des membres du clergé qui laissait fort à désirer, ni sur l'habitude des troupes mexicaines de retirer leurs chaussures en route pour marcher nu-pieds, ni de tant d'autres coutumes qui nous étonnaient. Tout a dû bien changer depuis lors ; car le Mexique a fait des progrès de toutes sortes, sous la dictature éclairée du général Porfirio Diaz, notre ancien adversaire, dont la tenue à notre égard, lors de l'évacuation surtout, fut des plus correctes.

III

Départ pour Orizaba et Retour a Mexico

Le commandant Parguès attendait le départ d'un convoi pour rejoindre le 1er zouaves à Queretaro ; il m'avait promis de m'emmener coûte que coûte. Il vint un soir, à 11 heures, me trouver à l'hôtel Iturbide, pour m'annoncer que nous partirions le lendemain pour Orizaba, avec mon collègue du 3e zouaves, M. Gasc, commandant le petit dépôt. Le maréchal lui avait fait connaître qu'un détachement de mille zouaves, des 1er et 3e régiments, s'était battu, à son passage à la Martinique, avec l'infanterie de marine, et qu'il y avait eu de nombreux morts et blessés. Nous devions nous trouver à Orizaba pour l'arrivée de ce détachement, afin de rétablir la discipline parmi ces fortes têtes.

Nous quittâmes Mexico le 11 novembre, à 11 heures du matin, sur des chevaux mexicains qui nous furent prêtés ; nous avions pour escorte dix-sept chasseurs d'Afrique, dont un maréchal des logis. Nous étions donc vingt sabres, capables de traverser le Mexique sans coup férir, grâce à la terreur répandue par les chasseurs d'Afrique. Depuis le combat de San Lorenzo, les mexicains les appelaient : « Carniceros azules » (bouchers bleus), à cause de la brutalité qu'ils avaient déployée vis-à-vis de la cavalerie mexicaine qu'ils avaient écrasée ; les chevaux arabes avaient aussi une grande supériorité sur les chevaux mexicains plus petits ; d'où l'impossibilité de s'échapper par la fuite. Tous ces vieux soldats étaient, en effet, grandement redoutables pour n'importe quel adversaire.

Le commandant Parguès, admirable soldat, était heureux de remplir cette mission qui rompait la monotomie de son existence, lui

qui n'aimait que les aventures et les combats.
Mon collègue Gasc et moi trouvions cette sortie
originale et intéressante. Nous dinâmes dans
une posada, et la nuit arrivait quand nous
commençâmes à gravir les hauteurs de Rio
Frio. Plus nous montions, et plus le froid devenait vif. Une heure avant notre arrivée, nous
vîmes venir à nous un détachement de mexicains
armés de lances, n'ayant pas de costume
militaire. Grâce à un clair de lune splendide, et
à la pureté de l'air, nous les distinguions parfaitement : ce ne pouvait être qu'un parti de
guérillas que nous nous préparâmes à attaquer,
en prenant le trop allongé ; mais les gaillards
ne nous attendirent pas et disparurent dans les
ravins, où nous ne pouvions pas les poursuivre.
Le commandant était furieux d'avoir manqué
cette occasion de se battre : il est certain qu'un
combat, livré dans ces conditions, aurait eu un
joli succès et nous eut mis en relief.

Nous arrivâmes à minuit, gelés et courba-
turés ; nous n'avions plus l'habitude du cheval,
et rien n'est fatigant comme les selles mexicaines, quand on n'en a pas l'habitude ; puis,
il nous fallait toujours pousser nos chevaux,
pour ne pas nous laisser dépasser par ceux des
chasseurs d'Afrique. Nous descendîmes à l'auberge de la mère Buisson, ancienne cantinière,
qui nous fit un bon feu et nous fit souper.

Nous repartîmes à 6 heures pour arriver à Puebla à 7 heures du soir, où nous descendîmes à l'hôtel de las diligencias. J'étais si courbaturé que je dus me faire hisser dans ma chambre au premier étage. Quand nous arrivâmes à Orizaba, le quatrième jour, j'étais aguerri et dispos ; mais on nous prit nos chevaux, et nous redevîmes fantassins, M. Gasc et moi.

Nous trouvâmes les fameux zouaves très calmes et dociles : ils semblaient assez penauds et inquiets. Ils étaient commandés par quatre officiers, dont le capitaine Landrut, du 3ᵉ zouaves, qui commandait le détachement. Il y avait en plus un officier suédois, nommé Kilman, qui venait faire un stage au 1ᵉʳ zouaves.

On avait eu le grand tort de débarquer à St-Pierre ces hommes qui venaient de faire une longue traversée, où ils avaient été parqués sur un transport de l'État, pour les enfermer dans la citadelle, avec défense d'aller en ville. On eut le tort plus grand de laisser les cantines ouvertes, où ils burent force tafia : la chaleur aidant, beaucoup d'hommes furent excités ou ivres. Ils voulurent alors sortir et le conflit commença avec les hommes de garde qui avaient la consigne de les en empêcher ; ils cherchèrent à sortir de force, et la garde dut se servir de ses armes pour les repousser ; ce que

voyant, les plus enragés montèrent dans les
chambres, s'emparèrent des armes, et se mirent
à tirer sur l'infanterie de marine qui riposta : il
y eut trente-sept hommes tués ou blessés. Dans
leur rage, ils abattirent et lacérèrent le drapeau
tricolore qui flottait sur la citadelle. Pendant
cette échauffourée déplorable , les officiers
visitaient la ville ; prévenus, ils accoururent et
pûrent rétablir l'ordre.

Le commandant Parguès forma le détachement en pelotons, commandés chacun par un
officier. Arrivés à Orizaba le 15 novembre, nous
en repartîmes le 19, pour arriver le 30 à Mexico.
La discipline la plus absolue régna pendant la
route. Dans mon peloton, se trouvait mon
ancien sergent Mellet du 23ᵉ qui m'avait fait
tant de misères, et qui, ayant été cassé pour
inconduite, était venu s'échouer au 1ᵉʳ zouaves.
Il eut l'audace de me reconnaître et de me
féliciter, en exprimant le plaisir de me revoir.
Ne insultes miseris ! aussi je ne fis aucune
allusion au passé, et le traitai avec bienveillance :
il en profita pour m'emprunter cent sous que je
lui donnai. J'étais assez vengé par nos positions
respectives.

Le maréchal avait donné l'ordre que chaque
peloton entrerait isolément à Mexico, en laissant
un intervalle d'une demi–heure entre chacun.

Quand j'entrai avec le mien, je fus étonné du silence absolu qui régnait sur notre passage : la consigne avait été donnée à cet égard, et il était défendu de nous parler. On nous dirigea sur la citadelle ; dans la grande cour, il y avait un déploiement de troupe considérable ; en face, des pièces d'artillerie avec les artilleurs prêts à faire feu ; à droite, un bataillon du 81ᵉ de ligne, l'arme au bras ; à droite et à gauche, en entrant, des gendarmes et des chasseurs d'Afrique, sabre au clair ; à gauche, se trouvait un large fossé, plein d'eau. Le commandement pensait donc que nos hommes étaient terriblement dangereux et capables de tout ; ces précautions étaient simplement ridicules. Arrivé au milieu de la cour, je fis former mon peloton en bataille, comme l'ordre m'avait été donné, puis je fis former les faisceaux, déposer les cartouches à terre, faire demi-tour, avancer de six pas et former le cercle. Le colonel, commandant la Place, se plaça au milieu du cercle, avec son escorte et, d'une voix vibrante, dit aux zouaves : « Vous avez foulé aux pieds le drapeau de la France ; vous êtes indignes de porter les armes, et nous vous désarmons ». Je mis les hommes en marche par le flanc, et ils furent conduits en prison, encadrés par les gendarmes et les chasseurs d'Afrique.

Tout en faisant un exemple sévère, le maréchal eut dû éviter cette mise en scène humiliante pour l'armée française, en face de troupes étrangères et d'une population plutôt hostile. Il dépassa le but ; mais il pensait probablement que cela pouvait lui servir auprès des mexicains, dont il se rapprochait sans cesse.

Les officiers furent mis aux arrêts dans la citadelle, en attendant leur comparution devant un conseil d'enquête qui les acquitta ; mais le capitaine Landrut, seul responsable, par son incurie et sa faiblesse, de ces faits déplorables, fut sévèrement blâmé, ce qui ne l'empêcha pas d'arriver général de division.

Tous les sous-officiers et soldats passèrent au conseil de guerre ; six furent condamnés à mort, mais obtinrent une commutation de peine ; un certain nombre furent condamnés aux travaux publics ; deux cents environ furent dirigés sur un bataillon d'infanterie légère d'Afrique ; le reste fut acquitté. Il y avait donc beaucoup plus d'innocents que de coupables.

IV

DÉPART POUR QUERETARO. — EXPÉDITION AU
MICHOACAN. — RETOUR A QUERETARO.

Nous dûmes attendre jusqu'au 7 janvier 1866
le départ d'un convoi : nous arrivâmes sans
incident à Queretaro le 15. Il y avait exacte-
ment quatre mois que j'avais quitté la France.

Le colonel Clinchamp commandait deux
bataillons du 1ᵉʳ zouaves, le 3ᵉ bataillon étant
resté en Algérie : c'était un homme rude, actif,
ambitieux, ayant de très beaux services de
guerre. Son abord était froid, et il ne se donnait
pas la peine de vous mettre à l'aise ; son avenir
le préoccupait plus que celui des autres. Il
demandait à ses subordonnés le maximum
d'efforts, ne se ménageant, du reste, pas
davantage. Il était estimé, mais n'était pas
populaire : il ne savait pas se faire aimer, et je
crois qu'il n'y visait pas. Le principal, était
qu'on lui obéît, et il savait qu'il pouvait compter
sur tous, quand il fallait le suivre. En somme,
c'était un homme d'une belle trempe, et rien
moins que banal. Il me reçut aussi bien qu'il
pouvait le faire.

Mon capitaine, nommé Galland, âgé de vingt-
neuf ans, était un héros du siège de Puebla. Dans
un assaut, ne pouvant avancer ni reculer,
fusillé de tous côtés, il ne se rendit que lorsqu'il ne resta que sept hommes de sa section
valides, et sous la condition expresse de défiler
avec ses armes dans les rues de Puebla, ce qui
eut lieu. Il avait déjà été blessé en Italie. Il était
autoritaire, avec un caractère susceptible et un
tempérament bilieux. Sa santé ébranlée contri-
buait à le rendre maussade et journalier. Dans
ses bons jours, il devenait gai, confiant et
affectueux. Il n'était donc pas très facile de
servir sous ses ordres, et, dans les premiers
mois, il resta sur l'œil à mon égard, et, de mon
côté, je restai sur la réserve. Enfin, la glace se
fondit définitivement, et il me traita en ami.
Son hygiène était mauvaise, et je le lui disais ;
il m'approuvait, mais continuait ; aussi sa santé
périclitait tout à fait, et compromit le magnifique avenir qui l'attendait. Général à quarante-
six ans, il est mort à quarante-neuf, très regretté
de tous ceux qui avaient pu apprécier le fond
de sa nature, foncièrement bonne et dévouée.

Le 1er zouaves avait été très éprouvé au siège
de Puebla ; dans l'affaire de Santa Inès, tous les
lieutenants d'un bataillon furent tués : les pertes
furent énormes parmi la troupe. J'arrivais dans

un régiment où les actions d'éclat, les prouesses étaient à l'ordre du jour ; j'ai déjà parlé de son rôle en Italie. Cinq capitaines étaient officiers de la Légion d'honneur. Je me sentais donc un bien petit garçon à côté de tous ces gens-là, officiers et soldats, qui représentaient, autour de leur drapeau, effrangé par les projectiles, la quintessence de l'honneur, de la bravoure, du dévouement et de l'abnégation. Quant je fus reconnu devant ma compagnie, je me trouvai en face d'hommes, dont le plus jeune avait un chevron, tous médaillés, soit de Crimée, soit d'Italie, avec des figures bronzées, martiales, aux barbes épanouies, qui semblaient, de leurs yeux ardents, scruter ce que je pouvais bien avoir dans la poitrine. J'étais fier de pouvoir commander de pareils hommes ; mais il fallait obtenir, par ma manière de servir, leur estime et leur respect intime. Ma médaille d'Italie leur prouvait déjà que je n'étais pas un blanc-bec.

Je fus présenté successivement à tous les officiers par mon lieutenant, M. Noëllat, brillant officier, blessé à Puebla, qui est devenu général de division, et invité ensuite dans chaque popote, où je fus reçu avec cordialité. L'avancement se faisant par régiment, le corps des officiers formait une grande famille, où chacun se sentait solidaire de ses camarades. Il n'y avait jamais, pour ainsi dire, de punition infligée ; un simple reproche faisait plus d'effet qu'une punition. Chacun servait avec le cœur et avec l'orgueil de l'uniforme. Les soldats servaient de même, et les officiers en obtenaient ce qu'ils voulaient ; mais il fallait savoir les prendre, et fermer les yeux sur bien des peccadilles. Ils aimaient le grand air, la liberté d'allures, l'indépendance ; aussi préféraient-ils les expéditions à la vie de garnison qui les étiolait et les ennuyait. Ah ! c'était une belle troupe qu'on ne verra plus : elle est morte à Sedan.

A Queretaro, ville sans caractère, qui ne doit sa notoriété qu'à la mort tragique de Maximilien, se trouvait aussi le 3ᵉ zouaves ; on profitait du répit, laissé aux troupes, pour manœuvrer, ce qu'on n'avait pu faire depuis longtemps, courant toujours par monts et par vaux. J'eus tôt fait de reconnaître que beaucoup d'officiers avaient oublié une bonne partie des théories. Venant de St-Cyr, j'étais très fort par comparaison, et, en affirmant ma supériorité à cet égard, j'y gagnai en considération ; mais j'y perdis en tranquillité parce que, jusqu'à la guerre de 1870, je fus presque toujours employé à l'instruction des sous-officiers, soit directement, soit comme adjoint à l'adjudant-major. Mais

cela me mettait en relief, et me valait les
bonnes grâces de mes supérieurs.

Le 22 février, nous avions fait le matin une
promenade militaire de quatre heures, quand on
vint nous prévenir que nous partirions le soir
pour aller au secours du général Mendez qui
avait été battu par le chef des dissidents
Regulez, à Acambaro, dans le Michoacan.
Nous partîmes à 8 heures du soir : le ciel était
clair, la lune à son dernier quartier. Nous
marchâmes jusqu'à 5 heures du matin ; nous
fîmes une halte de deux heures, et nous repartîmes pour arriver à Arcambaroà 5 heures du
soir : nous avions fait vingt lieues. Comme nous
entrions dans les terres tempérées, la chaleur
était beaucoup plus forte que sur les hauts
plateaux ; aussi arrivâmes-nous exténués, et
d'autant plus déçus que nous venions de faire
cette randonnée sans utilité, vu que c'était au
contraire Regulez qui avait été battu par le
général Mendez. Nos bagages et nos popotes
n'arrivèrent que le lendemain. C'est après une
marche pareille qu'on sait ce que c'est que la
soif ; avec trois de mes camarades, nous nous
assîmes autour d'une énorme jatte, pleine de
pulque, et nous la vidâmes ; ce fut notre dîner,
nous n'avions pas faim.

Pour parer à toute éventualité, l'occupation

de Michoacan fut décidée ; pendant cinq mois, nous parcourûmes le pays, sans rien de saillant à raconter, sauf une aventure qui m'arriva dans un bourg, nommé Cinapecuaro. La compagnie était seule, et mon capitaine m'avait ordonné de relever la topographie du lieu, pour le cas d'attaque. Je sortis le matin de bonne heure avec ma canne et mon revolver, et je revenais par une rue, bordée de murs, quand je vis venir à moi deux cavaliers mexicains qui s'arrêtèrent à ma vue, semblant se consulter. Je marchai vers eux, en tenant en main mon revolver dans la poche de mon pantalon : je ne voulais pas le sortir sans raison. Un cavalier resta sur place, l'autre s'avança vers moi ; je guettais ses gestes, tout en continuant ma marche : il s'arrêta à une vingtaine de mètres et me fit face. J'étais déjà fixé, quand l'autre cavalier mit son cheval au petit galop, et prit son lazzo qu'il se disposa à me lancer. Vivement je m'appuyai contre le mur, ma canne en l'air et appuyée aussi, et je sortis mon revolver que je serrai contre l'autre main, en visant mon gaillard. Je n'offrais ainsi aucune prise au lazzo ; alors se voyant ainsi visé, il eut peur, enleva son cheval, et passa en trombe à côté de moi. Je n'eus pas le temps de tirer, ne pouvant le faire sans risquer de perdre ma balle, et je ne voulais pas me dégarnir, en cas de retour offensif des deux cavaliers qui n'y songèrent pas, et qui piquèrent des deux vers la campagne, pendant que je leur lançais des invectives.

A quelques maisons plus loin, se trouvait un groupe d'indiens qui avaient considéré tranquillement la scène, sans aucune velléité de me porter secours. Je leur distribuai des coups de trique, en les traitant de lâches; j'étais furieux à l'idée que j'aurais pu être lazzé comme une bête à corne; plusieurs soldats ont malheureusement subi ce triste sort. A noter que mes deux cavaliers étaient richement montés et habillés; était-ce des bandits, ou simplement des patriotes haïssant les Français? Si j'avais perdu mon sang-froid, le résultat eut été le même pour moi. L'émotion que j'éprouvai annihila toute sensibilité quand nous faisions fusiller quelques bandits, comme cela nous arrivait de temps en temps.

J'employai mes loisirs à apprendre la langue espagnole; dans presque tous les pueblos où nous séjournions, je trouvai des romans d'Alexandre Dumas, traduits en espagnol; je trouvai aussi *Le Bossu* de Paul Féval. Ayant lu ces romans en français, je comprenais le sens des mots que j'emmagasinai le plus possible dans ma mémoire, en m'aidant de la grammaire Sobrino. Je parvins « à habler » assez couramment.

Maravatio fut le dernier pueblo que nous occupâmes du 23 juin au 15 juillet ; nous y fumes tous atteints de dysenterie ne cédant à aucun remède. Il était temps de rentrer à Queretaro, où nous arrivâmes le 18 juillet. J'y fus pris de vomissements de bile quotidiens, suite probablement du séjour à Maravatio.

Les fièvres, la dysenterie, le typhus, les insolations et surtout les maladies de foie, sans parler des maladies qu'on ne nomme pas, ont causé de terribles ravages au Mexique : c'est le lot de toutes ces campagnes en pays chauds, où les maladies tuent plus de monde que les combats. En moins d'un an et demi, j'ai gagné quatorze rangs comme sous-lieutenant : on vivait vite aux zouaves !

L'excellent commandant Parguès, qui m'avait témoigné tant de sympathie, fut atteint de nouveau par la dysenterie, dut repartir, et mourut en route. Que de braves gens, de grands cœurs, la France a perdu ainsi inutilement !

Je vis un jour entrer chez moi un soldat de la légion étrangère qui me tendit la main. O surprise ! c'était un de mes camarades de St-Louis, nommé Armand, qui, sorti de St-Cyr

officier aux chasseurs à pied, avait mené la vie
à grandes guides, et, voyant que cela tournait
mal pour lui, était parti pour les Etats–Unis, où
il avait pris du service pendant la guerre de
Sécession ; il avait le grade de lieutenant-
colonel quand la paix se fit. Remercié par le
gouvernement américain, et ne sachant que
faire, il passa au Mexique, et s'engagea dans la
légion. Comment se termina son odyssée ? Je ne
l'ai jamais revu.

V

Départ pour Mexico
Expédition dans la province de Hidalgo
Départ du Mexique

Le colonel Clinchamp avait été nommé
général ; notre nouveau colonel s'appelait
Carteret-Trécourt : il avait été chef de bataillon
au régiment. C'était le colonel idéal : sang-froid
imperturbable, égalité d'humeur, bonté, bienveillance, aménité, indulgence, le tout allié à
une fermeté éclairée et une énergie à toute
épreuve. Il avait toutes les qualités du vrai chef
et de l'homme de cœur. Aussi son commandement était-il des plus faciles, chacun s'évertuant

à lui éviter le moindre souci, et lui obéissant au doigt et à l'œil. Avec cela des qualités militaires remarquables, comme il le montra à la bataille de Frœschwiler, où, resté seul debout, tous les officiers supérieurs ayant été tués, il couvrit la retraite avec son régiment. Je n'ai jamais rencontré d'homme plus sympathique.

Nous quittâmes Queretaro le 27 août, et arrivâmes à Mexico le 3 septembre ; nous étions enchantés de venir passer quelque temps dans la capitale avant de quitter le Mexique ; car on parlait déjà de l'évacuation. On formait des bataillons de cazadores, dont une partie du cadre devait être français, les officiers y entrant avec le grade supérieur. Je posai ma candidature qui ne réussit pas heureusement ; car le sort de nos camarades ne fut pas enviable. Trahis ou abandonnés, plusieurs furent fusillés ou pendus, entr'autres le lieutenant Baudens, charmant officier, que j'avais connu à St-Cyr, ainsi que son plus jeune frère, qui est devenu général.

Nous menions une existence agréable ; mais on voyait un malaise général, parce que chacun sentait que c'était le commencement de la fin, et se demandait anxieusement ce qui arriverait après notre départ. Bien des gens s'étaient compromis, comptant sur la stabilité du nouveau régime, et étaient fort inquiets, en pensant aux représailles probables ; aussi, l'exode des personnes et des capitaux se préparait.

J'éprouvais désillusion et peine en voyant la fin de cette expédition stérile pour ce pays, et compromettante pour ceux qui nous avaient reçus en amis ; il n'est pas douteux que nous avions beaucoup de partisans, à cause du calme, de la sécurité qu'on nous devait, après tant d'années de guerres civiles. La fin de cette ère heureuse n'en était que plus navrante.

Le pauvre Maximilien, tiraillé de tous côtés, se débattait contre une destinée implacable. Triste victime de l'ambition et de l'impéritie ! Et pour comble d'infortune, cette malheureuse princesse Charlotte perdant la raison à la suite de toutes les déconvenues et de toutes les espérances déçues ! Les dames d'honneur s'étaient dispersées, et je ne les retrouvai plus, quand je montai de nouveau la garde au palais, où je dus me contenter des repas apportés par un restaurant voisin. Rien de pénible à voir comme la chute des Grands ! La misère après les honneurs !

On se demandait ce que deviendrait l'Empereur, s'il s'entêtait à ne pas abdiquer. Bazaine lui laissait clairement voir qu'il n'avait plus rien à attendre de nous ; il ne faisait rien, du reste, pour faciliter la tâche de Maximilien après notre départ; il cherchait, au contraire, à l'acculer à l'impuissance, afin de le décider à s'en aller. Il commettait une infàmie en diminuant ses forces de résistance, par le fait de noyer les poudres, détruire du matériel, etc.

Il est clair que tout le monde chez nous désirait une abdication ; car on sentait ce qu'il y avait de cruel, d'inhumain, de honteux dans l'abandon du Souverain que nous avions créé nous-mêmes, en l'assurant de notre protection. Nous devions recevoir le contre-coup des désastres qu'il subirait. C'est pourquoi, Napoléon lui envoya son aide-de-camp, le général Castelnau, qui parvint à le décider à partir ; malheureusement, il fut circonvenu par des personnages qui, comme le père Fischer, son mauvais génie, lui donnèrent l'assurance que sa présence était nécessaire au bonheur du Mexique. Le crût-il ? Préféra-t-il jouer le tout pour le tout plutôt que de rentrer découronné en Autriche ? Sa nature chevaleresque prit le dessus, et il resta : on sait le reste.

Un détachement d'autrichiens ayant été battu à Huantchinango, dans la province de Hidalgo, le maréchal ordonna une expédition ; elle fut imposante en infanterie, cavalerie et artillerie, probablement pour distraire les troupes ; car une légère colonne eut suffi.

Nous quittâmes Mexico le 2 octobre, pour arriver à Huantchinango le 14, en traversant un pays admirable, dans les terres tempérées, sur le versant de l'Atlantique, à proximité de l'Etat de Vera-Cruz. Nous passâmes par Tsaxcala, ville autrefois célèbre, située au pied de la Malinche. Les autrichiens furent chargés de prendre leur revanche, ce qu'ils firent en mettant à sac Huantchinango, dont ils s'approprièrent les dépouilles. Nous nous contentâmes de les regarder passer, chargés de leur butin : cela manquait de grandeur, vu qu'ils étaient entrés dans le pueblo, sans coup férir. Nous repartîmes le lendemain de cette expédition peu glorieuse.

De Tulancingo à Mexico, il y a trois étapes de douze lieues. Nous arrivâmes le premier jour à Real del Monte, où une compagnie anglaise exploitait des mines. En quittant Real, nous essuyâmes un orage formidable comme ils sont sous les tropiques : on les nomme aguacerros (montagnes d'eau). Les éclats de la foudre sont incessants, il fait presque nuit : c'est grandiose et terrible ; quand on marche sous ce déluge, c'est affreux. Nous arrivâmes donc à l'étape dans un état pitoyable, et à peine commençions-nous à nous sécher qu'on vint nous prévenir que nous devions prendre les

armes pour aller, avec trois autres compagnies,
attaquer un parti de guerillas, commandé par
le célèbre Fragoso, qui se trouvait dans une
hacienda peu éloignée. Nous marchâmes dans
les terres détrempées jusqu'à l'hacienda que
nous attaquâmes par les quatre faces ; mais
Fragoso eut le temps de fuir, de sorte que les
zouaves ne trouvèrent... que de la volaille qu'ils
firent en partie prisonnière. Nous rentrâmes à
3 heures du matin, nous mangeâmes le dîner
préparé la veille, et nous repartîmes à 6 heures
du matin, pour arriver à Mexico à 7 heures du
soir. Nous avions fait trente lieues en trente-sept
heures, après en avoir fait douze la veille. Il est
vrai que nous n'aurions pas dû faire la troisième
étape ; mais l'ordre de ne pas partir ne nous avait
pas été communiqué, comme aux trois autres
compagnies ; le colonel fut très étonné de nous
voir à la première pause. Nous étions bien
obligés de continuer l'étape ; mais on mit tous
les havre-sacs sur une voiture. Déchargés ainsi,
les zouaves pouvaient marcher indéfiniment,
eux qui, sac au dos, marchaient généralement
trois heures de suite, avant chaque pause de
quinze minutes, et un repos d'une heure vers midi
pour déjeuner. Je ne fus pas fâché de cette
erreur qui me donna encore la mesure de ce
qu'on pouvait attendre de pareils hommes.

Le 1er novembre, ma compagnie fut envoyée à las Palmas, redoute située à quelques kilomètres de Mexico ; nous y restâmes jusqu'au 23. Une nuit, en revenant de Mexico, je m'égarai et je tombai sur un village indien, dont les chiens voulaient me dévorer. Il me fallut dégaîner et prendre mon revolver, pendant que les Indiens accouraient. Voyant un officier français en tenue, ils s'excusèrent et me remirent sur ma route. Ces gens étaient généralement doux et débonnaires ; mais, dans le cas, mon revolver était un sérieux porte-respect.

Nous quittâmes Mexico le 2 décembre, et nous arrivâmes le 6 à Puebla. Ce fut avec regret que je quittai cette capitale si intéressante, où nous laissions des amis que nous étions obligés d'abandonner.

Nous trouvâmes à Puebla une partie des légions autrichienne et belge qui attendaient leur rapatriement. Les officiers passaient jour et nuit au jeu, et ne s'inquiétaient guère de leurs soldats qui vendaient leurs armes et vivaient comme ils pouvaient chez l'habitant : la solde n'était plus distribuée régulièrement, et l'on vivait d'expédients. Tout cela était fort triste. Pendant mon séjour, je continuai à boire de cet excellent vin de Hongrie que les officiers autrichiens vendaient sans vergogne.

Je trouvai, en arrivant, l'ancien officier de la garde qui avait été envoyé comme munitionnaire à Puebla. Il m'invita à dîner avec Brochier, lieutenant de mon régiment, qui était de son pays ; il y avait là des officiers d'administration et d'autres convives inconnus. Le dîner fut servi magnifiquement et, après le dîner, comme d'habitude, les convives se mirent à jouer au baccara. Je ne pus faire moins que de risquer quelques piastres, en jouant le même jeu que mon amphytrion que je savais de première force. Aux innocents les mains pleines : je gagnai six cents francs. Je vis un officier d'administration perdre sept mille francs dans cette soirée, et les payer séance tenante. On ne s'étonnait plus de rien dans ce pays, et cela semblait sans conséquence : il les avait peut-être gagnés la veille. Quoi qu'il en soit, mon amphytrion, en un an, gagna une fortune, au jeu ou autrement; il est à croire qu'il partageait avec les officiers autrichiens la valeur de bons de vivres et de fourrages, dont il ne distribuait pas le montant ; vendant le vin de la troupe, ces officiers pouvaient bien vendre leurs denrées. Il rentra en France, paya ses dettes, donna sa démission, se maria, reperdit tout, fit des dupes et finit mal. Voilà ce que Brochier m'apprit plus tard, quand je le retrouvai colonel du 109e, à Chaumont.

Je fus désigné pour être adjudant de place ; nous étions trois, dont un chasseur d'Afrique et un mexicain ; nous étions donc de service tous les trois jours, et ce n'était pas une sinécure au milieu de tant d'aventuriers de toutes sortes. Les prisons ne désemplissaient pas.

Je ne touchai plus les cartes, malgré les invites qui me furent faites ; je n'avais pas cherché à gagner ; mais je ne voulais pas perdre, et je m'étais promis d'éviter ces émotions malsaines.

Ce fut pendant notre séjour à Puebla que Maximilien, renonçant à quitter le Mexique, revint d'Orizaba à Mexico. Deux compagnies de mon régiment furent désignées pour lui servir d'escorte : la mienne en était. Etant adjudant de place, je dus rester à Puebla. A leur retour, mes camarades me plaignirent de ne pas les avoir accompagnés, parce que l'Empereur avait fait prendre leurs noms pour les décorer de l'ordre de Guadalupe. J'en éprouvai un tel déboire que j'allai trouver mon colonel pour le prier de me faire ajouter à la liste, puisque cela ne pouvait faire de tort à personne : ce n'était pas de ma faute si j'étais resté à Puebla. Il me répondit qu'il ne pouvait rien faire ; je lui demandai alors s'il m'autorisait à écrire à Mexico ; il n'y vit aucun inconvénient.

J'écrivis alors au général Osmont, chef d'état-major général que je connaissais ; je lui exposai mon cas, et il ajouta mon nom, *motu proprio*, à l'état de proposition établi en faveur des officiers de la division Castagny, qui venait du nord. Je ne le sus que plus tard ; car il ne me répondit pas. Le comble de tout cela, c'est que je fus seul nommé, la liste de proposition de mes camarades ayant été égarée ; je reçus mon brevet de chevalier de Guadalupe seulement en Algérie. Si je fus satisfait, je fus aussi mécontent de voir mes camarades oubliés. En tout cas, ce n'était pas à leur détriment, et ils savaient ce qui s'était passé.

Nous quittâmes Puebla le 2 février.

Nous trouvâmes à Passo del Macho un ancien capitaine du 1er zouaves, M. Marquet de Norvins de Monbreton, fils de l'historien qui avait écrit le panégyrique du Grand Empereur en quatre volumes. Sorti de St-Cyr, il avait été décoré à vingt ans. Il avait donc un avenir magnifique qu'il gâcha, en se jetant dans une folle dissipation ; Napoléon III dut payer ses dettes. Malgré toutes ses protections, il fut obligé de quitter le 1er zouaves pour n'avoir pas fait, avec sa compagnie, une sortie de nuit qui lui avait été ordonnée par un pli de service qu'il reçut, étant en état d'ivresse, et qu'il ne lut que le lendemain. Il eut dû être mis en réforme ; on se contenta de le placer à la légion étrangère dont il commandait une compagnie, lors de notre passage. Il invita à déjeuner son ancien camarade Galland, mon capitaine, qui, malgré sa répugnance, ne crut pas devoir refuser cette invitation qui me concernait aussi. Pendant le déjeuner, M. de Norvins déclara qu'il s'assagissait : « Je ne bois plus d'absinthe ; je me contente d'une bouteille de vermouth avant chaque repas. Ce qui m'ennuie, c'est que des ombres rôdent autour de moi, en répétant toujours : Norvins, tu es foutu ! Alors je me lance à leur poursuite, sans pouvoir les atteindre. » C'est ainsi que, dans ses accès de *delirium tremens*, il se précipitait dans la campagne, pendant que les hommes de sa compagnie couraient pour le ramener au camp. Il mourut du choléra, l'hiver suivant, en Algérie ; ce fut la délivrance.

Elles furent nombreuses les victimes de l'intempérance dans la vieille armée d'Afrique !

Nous traversâmes à pied les terres chaudes, pour gagner Vera-Cruz, ce dont je fus très satisfait, parce que je pus me rendre compte que c'était bien le séjour infernal que je supposais. Nous nous mettions en route à minuit pour arriver à 7 heures du matin au plus tard, heure après laquelle il eut été imprudent, dangereux à des troupes chargées de marcher. Pendant le jour, on était écrasé de chaleur sous la tente ou dans les gourbis. On trouve à foison, dans ce charmant pays, le serpent à sonnettes, la scolopendre mordante, le scorpion, la tarentule, l'araignée-crabe, et, dans toutes les cases indiennes, la vermine. Mais, par dessus tout, il y a le moustique contre lequel on reste impuissant : c'est le supplice des nuits. Les maringuins vous piquent même à travers la toile dont vous vous enveloppez la figure et les mains ; aussi les nuits étaient sans sommeil ; je ne cessais de me tamponner d'ammoniaque. Certains hommes, plus sensibles, n'avaient plus le matin figure humaine. Il faut vraiment que les indiens soit vaccinés contre les venins pour pouvoir vivre dans cet affreux pays, berceau de la fièvre jaune et du vomito negro. Heureusement, nous n'étions pas dans la saison où cette terrible maladie se déclare.

Nous passâmes à Camaron où eu lieu, le 30 avril 1863, un combat entre une compagnie de la légion étrangère et plus de deux mille guérilleros. La compagnie, commandée par le capitaine Danjou, fut presque anéantie, mais tua deux cents mexicains et en blessa davantage.

Vera-Cruz me parut embellie ; on y avait érigé une belle fontaine avec de l'eau potable : c'était un énorme progrès. Mais ce sera toujours un pays désolé que nous quittâmes avec joie. Nous nous embarquâmes le 25 février sur le transport *l'Ardèche*, et nous vîmes longtemps en mer le beau pic d'Orizaba, à la cime neigeuse se perdant dans l'azur.

Nous traversâmes le canal de Bahama, et nous gagnâmes le nord par le travers des Bermudes, en suivant le courant du Gulf-Stream. Nous étions sur un bateau naviguant à la voile, mais ayant une machine suffisante pour marcher doucement quand le vent manquait. De Vera-Cruz à Alger, nous mîmes trente-sept jours, en faisant escale à Gibraltar.

Après avoir été échaudés en terres chaudes, nous eûmes froid pendant une partie de la traversée qui fut agrémentée de bourrasques de neige et de mer démontée, Je pus juger ce qu'a de rude et de pénible le métier de marin sur les navires à voiles, et ce qu'il a de dangereux quand il faut grimper aux mâts pour larguer les voiles, prendre des ris, pendant que la tempête fait rage, et que le roulis donne au navire une amplitude de 50 à 60°. L'extrémité des vergues touchait souvent la crête des vagues. Quel spectacle émouvant et terrifiant, quand on voit des marins lâcher prise, et tomber sur le pont ou dans la mer, comme nous le vîmes un jour pour deux matelots ! Le premier se tua sur le pont ; le second disparut, bien qu'une bouée de sauvetage eut été aussitôt lancée. Le commandant fit stopper le navire qui, n'étant plus soutenu, ressemblait à un gros corps mort battu par les vagues, et fit mettre à l'eau une baleinière, montée par six hommes et un vieux maître d'équipage. Quels moments pathétiques que ceux où il faut laisser aller la baleinière, puis la remonter ! Il s'agit de régler les mouvements et de saisir le moment propice pour éviter un heurt contre les parois du navire, qui écraserait la baleinière. Enfin, tout se passa sans nouvel accident ; mais ce fut vainement que les recherches eurent lieu ; nous voyions émerger la baleinière sur la crête des vagues, puis semblant s'abîmer dans les flots. Un coup de canon fut tiré, quand le commandant jugea les recherches suffisantes ; les marins furent félicités, et la main du vieux maître fut chaleureusement serrée. J'étais vivement ému par cet acte d'héroïsme exécuté simplement, comme une chose toute naturelle, et je comprenais mieux encore la grandeur du métier de marin, où l'esprit de solidarité est développé jusqu'au sacrifice.

Le navire portait plus d'officiers qu'il n'y avait de cabines ; il avait donc fallu en improviser dans l'entrepont. Nous étions quatre officiers dans une de ces pseudo-cabines, à côté de la cuisine et de mulets qui faisaient un vacarme infernal. Ce ne fut pas une traversée folâtre ; on ne pouvait pas se promener sur le pont à cause de la grosse mer ; il n'y avait que le carré des officiers où l'on s'entâssait. Nous nous sommes crânement ennuyés, et nos zouaves donc, les malheureux, parqués dans l'entrepont !

Nous respirâmes de contentement quand nous débarquâmes à Gibraltar, les officiers seulement, bien entendu ; nous fûmes reçus cordialement par les officiers anglais. Je ne sais comment je fis mon compte ; mais je m'attardai assez pour arriver au port quand les baleinières étaient parties. J'avisai un marin espagnol qui avait un petit rafiau, qui me fit naviguer avec beaucoup d'adresse sur une mer assez agitée, et qui me conduisit à bord, au moment où le navire, ancré assez loin, faisait ses préparatifs de départ.

Nous entrâmes dans le port d'Alger le 2 avril, et nous débarquâmes le lendemain ; j'étais doublement heureux de revoir une terre française que j'avais foulée neuf ans aupara-

8

vant, affublé de la grande capote de fusilier. Pendant trois jours, ce furent pour nos hommes nopces et festins ; on ferma les yeux sur les escapades, ce qu'on eut dû faire pour le détachement de la Martinique ; puis nous partîmes pour Coléa, où se trouvait le dépôt du régiment : il fallait, en effet, rééquiper les deux bataillons.

CHAPITRE V

RETOUR EN ALGÉRIE — ALGER — MÉDÉA

MOUDJBEUR — RETOUR A ALGER

Après une quinzaine de jours passés à Coléa, mon bataillon fut envoyé à Alger : la ville s'était bien embellie depuis 1859. L'existence que nous y menâmes pendant l'été fut très agréable : c'est un séjour enchanteur, tant par son esthétique propre que par sa population hétérogène qui anime les places et les rues de son mouvement incessant et de ses vêtements bariolés et pittoresques ; puis la vie y était large, facile, accueillante et libre.

En allant en permission en France, je m'embarquai sur l'*Hermus*, bateau rouleur s'il en fut. Une tempête s'éleva, violente pour ce bateau qui, avec le vent debout, fut bientôt balayé par les vagues ; le mouvement combiné du tangage et du roulis devint tel que tout le monde se réfugia dans les cabines. Je restai seul dans le salon des premières que constituait le rouff placé sur le pont ; le commandant du navire, nommé Courrier, parent de Paul-Louis Courrier, vint à l'arrière du navire, et je me mis à sa disposition, en cas de besoin, ayant la chance d'ignorer le mal de mer. Il louchait de façon extravagante, et il était impossible de lire sa pensée dans son regard ; mais il ne semblait pas très rassuré. Les paquets de mer embarquaient de telle sorte que le pont était devenu absolument impraticable ; les hommes à la barre étaient attachés pour ne pas être enlevés. Nous manquâmes d'être enlevés par une lame, bien que protégés par le rouff. A l'heure du dîner, je descendis dans la salle à manger, où je me trouvai tout seul, le président de table étant lui-même malade. Les lampes dansaient une sarabande inouïe ; les secousses étaient telles que les violons ne parvenaient pas à maintenir en place les assiettes, verres et bouteilles. Le plus extraordinaire, c'est qu'un garçon apporta une soupière dont il était incapable de verser le contenu dans des assiettes. Je mangeai n'importe quoi, cramponné à la table. Enfin, une énorme vague enfonça le tambour des troisièmes ; l'envahissement de l'eau par l'avant mettait le bateau en péril. Il fallait virer, coûte que coûte, malgré le danger de présenter le flanc aux vagues déchaînées ; nous plongions dans l'eau par le côté, et je me demandais si

j'allais voir la fin de ma carrière. Il n'en fut
rien, le bateau se redressa, et nous filâmes
vent arrière sur Alger : je repartis par le bateau
suivant.

Quelques semaines après, l'*Hermus* manqua
encore de sombrer ; il portait Mgr de Lavigerie
qui donna sa dernière bénédiction : il me raconta
lui-même, lors d'une visite que je lui fis, les
affres des passagers dans ces moments critiques. On s'en tira cependant. On ne conçoit
pas comment l'Etat acceptait la mise en service
de pareils bateaux. *L'Atlas* eut moins de
chance : il dut sombrer à pic, car on n'en eut
plus de nouvelles

Je fus rappelé de permission, parce que le
1ᵉʳ zouaves avait reçu l'ordre d'aller à Rome :
le contre-ordre arriva lorsque je rentrai à mon
poste.

Avec l'automne, ce fut le choléra qui venait
d'Egypte, en suivant les côtes. Il éclata brusquement à Coléa le jour de la fête communale ;
à la sortie du bal, nombre de personnes furent
atteintes. Le fléau s'étendit partout. Dans une
grande ville, comme Alger, on s'apercevait
moins de ses ravages ; il ne frappa, du reste,
que les gens dont l'hygiène laissait à désirer :
la troupe fut peu atteinte sur les hauteurs du
Tagarin. Nous perdîmes un sous-lieutenant à

Coléa, mort par suite d'imprudence, ayant été mouillé à la chasse, et s'étant mis à table sans changer de vêtement : d'où, refroidissement suivi de la diarrhée, prodrome du choléra.

Les imprudences sont fatales en temps de choléra ; j'en vis un exemple frappant. Un sous-lieutenant de chasseurs à pied, nommé Pierre, avait son logement près du mien ; un soir, à 11 heures, nous nous rencontrâmes en rentrant. Pierre me dit qu'il venait du café de Bordeaux boire des bocks ; je lui objectai qu'il avait tort de boire de la bière en ce moment ; j'ajoutai que je l'aimais, mais que je lui préférais alors le thé ou autres boissons chaudes. Il me répondit en gouaillant et en se moquant des précautions. Le lendemain, à 9 heures, on m'apprit qu'il était atteint du choléra et qu'on l'avait transporté à l'hôpital ; il mourut le soir même. La bière lui avait causé une indigestion suivie de coliques ; comptant sur son robuste tempérament, notre pauvre camarade passa la nuit sans rien faire, pensant que cela passerait tout seul, et quand, le matin, il se décida à appeler le médecin, il était trop tard ; le choléra s'était déclaré, et, malgré tous les soins, il mourut, conscient de son état, stoïque, en fumant une cigarette.

En temps de choléra, il ne suffit pas de ne

pas avoir peur ; il faut exagérer la prudence, veiller attentivement sur le tube digestif, éviter tout refroidissement, et se garer à tout prix de ce qu'on nomme la diarrhée prémonitoire.

Mon bataillon fut envoyé, pour changer d'air, à Médéa, situé à mille mètres d'altitude, ville très saine, étant balayée par les vents. Malheureusement, nous y trouvâmes le typhus, apporté par les arabes faméliques qu'on y concentra. Il y avait une famine terrible, causée par la disette due aux ravages des sauterelles qui avaient dévoré les récoltes ; les cadavres des gens, morts de faim, jonchaient les routes. On forma, dans tous les centres, des camps où l'on recueillit les affamés qui arrivaient ; ces agglomérations provoquèrent le typhus, cette peste de la faim, et la maladie gagna les habitants. Nombreuses furent les victimes, surtout parmi les médecins et les infirmiers. Nous vécûmes plusieurs mois pénibles au milieu de ces épidémies successives. Il mourut environ cinq cent mille arabes de la famine ou du typhus.

Je vis à Médéa le fameux Mocquard, fils du chef du cabinet de l'Empereur. En neuf ans, sans aucune action d'éclat, il était arrivé chef d'escadron aux spahis, et officier de la Légion d'honneur ; il était surtout bambocheur. Au cercle, on faisait volontiers le vide autour de lui. Le général Marmier, qui commandait, avait épousé une femme arabe, tatouée selon la règle.

Au printemps, on signala l'éclosion des criquets, et l'on se demanda avec effroi si la nouvelle récolte allait encore être dévorée. On prit les mesures les plus énergiques pour les détruire ; toutes les tribus, hommes, femmes et enfants creusèrent des fosses dans lesquelles on poussait ces insectes, et qu'on recouvrait de grosses pierres. Les soldats apportèrent leur concours à cette chasse d'un nouveau genre ; ma compagnie fut envoyée dans les environs de Boghari, et y fut employée plusieurs semaines. Elle fut envoyée ensuite à la smala de Moudj-beur, pour aider les pénitenciers à faire une route reliant cette smala à la grande route de Laghouat. Cela était arbitraire et abusif, et il était indigne de faire, en pleine paix, travailler des zouaves à une route à côté de condamnés, surtout à une époque de l'année où le pays était très malsain : presque tous les hommes eurent la fièvre, et durent entrer à l'hôpital, quelques-uns à plusieurs reprises. Cela n'empêcha pas de continuer cet ingrat travail jusqu'à l'automne.

C'est qu'il y avait à la smala de Moudjbeur un capitaine commandant, nommé Duponchel, qui était célèbre par ses faits et gestes, et que couvrait la protection du général de Wimpfen, commandant la division d'Alger. Le capitaine Duponchel était entré dans l'armée comme aide-pharmacien, et avait comme ami le fameux Fleury, le futur écuyer de l'Empereur, qui le fit entrer aux spahis, lors de leur formation, comme sous-lieutenant au titre indigène ; il obtint ensuite ce grade au titre français. Comme l'ex-pharmacien avait peu de dispositions pour l'équitation, il se cantonna dans le service sédentaire des smalas ; avec sa finesse et sa roublardise, il parvint à commander celle de Moudjbeur, où il resta de longues années, et où il gagna une fortune qu'on évaluait à plus de trois cent mille francs. Il faisait défricher pour son compte, élevait des chevaux, dont la nourriture ne lui coûtait rien et dont il faisait commerce ; j'ai pu compter vingt-quatre chevaux et quatre juments lui appartenant.

Pour pouvoir agir ainsi, il fallait la conni-vence de chefs qui fermaient les yeux et ouvraient la main. Comme les besogneux ne manquaient pas, et que les habitudes africaines conseillaient souvent l'indulgence vis-à-vis des agissements de la pêche en eau trouble, on ne se formalisait guère de tout ce que faisait ce brave Duponchel. Quant au général de Wimpfen, il ne quittait jamais la smala sans verser quelques pleurs d'attendrissement ; il y était traité comme un pacha, et Mme Duponchel, épouse morganatique, faisait les honneurs et présidait aux agapes ; aussi le capitaine Duponchel obtenait-il tout ce qu'il demandait, et il demandait toujours : il était l'enfant gâté auquel on pardonnait tout ; mais il savait faire preuve de reconnaissance.

Il faut lui rendre cette justice que, tout en soignant ses intérêts, il créa une smala modèle, véritable oasis de verdure dans un pays désolé, et qu'il fit défricher de vastes étendues de terrain. Il ne lui manquait qu'une belle route carrossable : on la lui donna sans frais pour le Trésor, sauf les frais d'hôpital que sa construction occasionna ; mais, étant anonymes, ils ne comptaient pas !.. Voilà le cas que le trop fameux général de Wimpfen faisait de la santé des soldats : c'était un vilain merle, sous tous les rapports.

Mon lieutenant et moi étions forcés de vivre à la table du capitaine ; car il n'y avait pas moyen de vivre en popote, faute de moyens de ravitaillement. Notre capitaine était aide de camp de l'Empereur ; c'est pour cela probablement qu'on avait choisi notre compagnie pour être détachée à Moudjbeur. Les repas étaient exquis, arrosés de vins fins et de liqueurs de choix, sans compter les cigares. Quand je demandai, à la fin du premier mois, à régler notre quote-part de dépenses, notre hôte me dit : C'est soixante francs, et sur mon étonnement, il ajouta : Les extras me regardent. Mon lieutenant et moi, nous étions fort ennuyés de cette situation équivoque ; mais qu'y pouvions-nous ? Nous ne partîmes qu'en septembre, et nous passâmes l'hiver à Alger : cela nous était bien dû.

II

Expédition dans le Sud — Camp de Boghar
Médéa — Dellys
Déclaration de Guerre a la Prusse

Au printemps de 1869, éclata une insurrection dans le Sud ; nous partîmes précipitamment, fûmes dirigés sur Boghar, et de là, aux sources de Zerguin, où nous campâmes en attendant de nouveaux ordres qui ne vinrent pas, parce que les troupes de Laghouat infligèrent, au combat d'Aïn-Madi, une défaite complète aux insurgés.

Mon capitaine, M. Avril, était officier d'ordonnance de l'Empereur, et mon lieutenant,

M. Boute, était détaché à l'école de tir. Le
colonel Carteret décida que je garderais le
commandement de ma compagnie, même en
expédition ; il savait qu'il pouvait compter sur
moi ; car je maintenais dans ma compagnie une
discipline inflexible. J'étais, du reste, en tête du
tableau d'avancement. Il n'était toutefois pas
banal de voir un sous-lieutenant commandant
de compagnie, quand la compagnie divisionnaire
possédait ses trois officiers. En colonne dans le
Sud, par sections, j'exigeais que les distances
fûssent maintenues et que les hommes mar-
châssent à leur place, dans le rang, pendant
que la compagnie suivante marchait comme un
troupeau de moutons et débordait nos ailes.
Au moment où le clairon sonna la première
pause, instantanément les faisceaux furent
formés, les sacs par terre, les hommes au
repos, pendant que la compagnie suivante
perdait deux ou trois minutes pour se reformer
et se reposer. J'eus soin de faire remarquer à
mes zouaves l'avantage qu'ils avaient à marcher
en ordre, et ils se mirent à blaguer leurs camarades qui perdaient ainsi un temps précieux.
Il n'y a rien de tel que les leçons de choses.
J'avais l'horreur du désordre depuis que j'avais
vu à Magenta toutes nos compagnies mêlées,
et chacun allant où il voulait, échappant ainsi

aux chefs. Et encore, ce jour-là, il y avait des circonstances atténuantes.

Nous restâmes plus de deux mois campés dans cette plaine déserte, prêts à agir en cas de nécessité. Les sources de Zerguin sont chaudes, et il pousse, sur les bords des ruisseaux qui en découlent, de grands roseaux qui constituent, avec l'alfa, toute la végétation du pays, où les vipères à corne et les scorpions pullulent. On coupa les roseaux et, en les réunissant, on en fit des piliers pour amorcer des baraques ; sur des ficelles, tendues entre les piliers, on plaça des tiges d'alfa ; ces ficelles superposées formèrent les murs. Les toits furent faits de la même manière. On respirait beaucoup mieux dans ces baraques, où l'on était à l'abri de la poussière qui vole continuellement dans ces parages. On plaçait l'eau chaude des sources dans des gargoulettes poreuses qu'on balançait : l'évaporation donnait bientôt de l'eau fraîche. Notre camp avait pris un aspect original ; mais on s'y ennuyait ferme.

Pendant tout notre séjour à Zerguin, nos soldats ne mangèrent pas de pain, et nous étions à deux étapes de Boghar ! J'étais indigné de cette incurie, dont le souvenir s'ancra dans mon esprit et fut pour moi une bonne leçon.

On nous envoya ensuite à Boghar, où nous

campâmes dans la forêt ; l'ennui nous y accompagna ; rien n'est déprimant pour des troupes comme l'immobilité et l'oisiveté.

Le colonel avait attaché à ma compagnie un lieutenant suédois, nommé Guillenram, qui était bien l'homme le plus désagréable que j'aie connu, mécontent de tout, exigeant, se plaignant du froid et de la nourriture. Sa tenue était fort négligée ; il faisait ses ablutions le matin, en trempant le coin de son mouchoir dans un quart de soldat. J'eus tôt fait d'être dégoûté de ce commensal importun, et je lui fis prendre un soir la diligence à Boghar pour retourner à Alger, en le chargeant de dire au colonel que le séjour de camp ne lui valait rien. Il est certain qu'il n'avait rien à y faire ni à y apprendre.

Les régiments d'Afrique recevaient alors un assez grand nombre d'officiers suédois et danois qui venaient se compléter au contact de nos vieilles troupes. Si ces officiers n'apprenaient pas grand' chose aux manœuvres dont on n'abusait guère, ils s'imprégnaient de l'admirable esprit militaire et de confraternité qui était l'essence même de l'armée d'Afrique. Mais, il faut bien l'avouer, ce n'était pas un privilège agréable de recevoir ces étrangers ; car, en dehors de la sujétion inhérente à leur éducation militaire, il fallait les piloter partout et leur

offrir une hospitalité écossaise, au café principalement ; et l'on ne pouvait décemment
agir autrement, d'autant mieux que la plupart étaient sans fortune. J'avais déjà reçu
auparavant M. de Thulstrup, sous-lieutenant
suédois, et M. Knutzon, lieutenant danois,
tous deux aimables et bien élevés. Le dernier
m'avait déclaré qu'il me ferait envoyer la croix
du Danebrog : je l'attends encore. Je retrouvai
le premier à l'armée de la Loire, où je pus lui
rendre quelques services dont il avait grand
besoin.

Mon colonel m'envoya un jour un capitaine
de l'armée grecque, officier d'ordonnance du
roi des Hellènes : c'était un homme magnifique,
mais trop encombrant. J'alléguai que je ne
pouvais, comme sous-lieutenant, éduquer un
capitaine, fut-il grec, et il fut envoyé ailleurs.

Combien trop souvent est-on la victime de
l'ambition d'un chef ! Le colonel du 1er tirailleurs, nommé Susoni, homme très ambitieux et
très remuant, avait proposé de créer dans la
forêt de Boghar un camp permanent qui aurait
l'avantage de dominer le Sud, et d'y construire,
avec la main d'œuvre militaire, de vraies baraques avec les pierres se trouvant sur place et
le bois de la forêt domaniale; on aurait aussi
sur place des pierres à chaux ; et tout cela ne

coûterait rien à l'Etat. On appellerait naturellement ce camp le camp Susoni, et allez donc !
Voilà les hommes changés en manœuvres, et
les officiers en contre-maîtres. Nous fûmes
employés à ces travaux pendant l'automne et
l'hiver, pataugeant dans la boue et dans la
neige. Pour distraction, nous avions le cercle
de Boghar, éloigné de trois kilomètres environ.
Nous ne le portions pas dans notre cœur, le
colonel Susoni qui était, du reste, fort affable.
Il a été tué à Frœschwiller.

Je fus nommé lieutenant au mois d'août ; je
passai au choix avec quatre ans de grade, alors
que, dans la ligne, on restait six à sept ans dans
le grade de sous-lieutenant ; je n'avais plus
qu'un an ou deux de retard sur mes camarades
de l'institution Barbet, et j'avais les médailles
d'Italie et du Mexique, et la croix de Guadalupe.
Je préférais mon sort au leur. Dans ma nouvelle compagnie, j'avais pour capitaine M. Callet,
qui était lieutenant au 23ᵉ de ligne pendant
la campagne d'Italie. C'était un excellent
officier sous tous les rapports, droit, pondéré,
énergique ; en somme très sympathique. Je
n'eus qu'à me louer de nos relations. Il est
devenu général de division.

Je ne sais ce qu'est devenu ce fameux camp
mal situé, sans utilité, où l'on ne pouvait que
s'encroûter et s'abrutir.

Enfin, nous regagnâmes Médéa, où je fus très lié avec le sous-lieutenant Servière, excellent camarade, ancien fléchois qui avait fait, comme engagé, toute la campagne du Mexique, d'où il revint sous-lieutenant. Blessé à Sedan, il s'échappa, et je le retrouvai à l'armée de la Loire ; je le recommandai chaleureusement au colonel Chaulan. Il était capitaine à la fin de la guerre, mais il fut remis injustement lieutenant et envoyé au bataillon d'Afrique d'Oran : c'est ce qui fit sa fortune. Son bataillon, dont il était l'adjudant-major, fut envoyé au Tonkin, il remplaça son commandant, nommé lieutenant-colonel, à la tête du bataillon, fut superbe de sang froid au combat de Lang-Son, où ce malheureux Herbinger perdit la tête. Il fut nommé plus tard commandant de territoires, et resta au Tonkin jusqu'au grade de général. Il vient de terminer sa carrière comme général de division, commandant le 19e corps d'armée, grand-croix de la Légion d'honneur. Le général de Négrier me dit un jour que je lui demandais son opinion sur Servière : « C'est quelqu'un ». Cela vaut tous les éloges. Nous ne nous doutions guère à Médéa de nos avenirs respectifs. Je ne l'ai plus revu.

De Médéa, nous fûmes envoyés à Dellys trois mois avant la déclaration de guerre. Nous y reçûmes un nouveau chef de bataillon, nommé Marion, qui était de Metz : c'était un superbe officier. Comme j'étais officier de tir et officier chargé des détails, tout en étant chargé de l'instruction des sous-officiers et des caporaux, j'avais des rapports constants avec lui, et il me témoigna beaucoup d'intérêt, à cause de l'activité que je déployais. Quand la guerre fut déclarée, et que nous arrivâmes à Alger, il me présenta au lieutenant-colonel, M. Gautrelet, en insistant pour qu'il me fit partir avec le régiment; car, faisant partie de la 7ᵉ compagnie, je devais rester en Algérie, les 7ᵉ et 8ᵉ compagnies des trois bataillons devant former le 4ᵉ bataillon. Le lieutenant-colonel lui promit, aucun lieutenant ne voulant permuter, que je rejoindrais le régiment avec le premier détachement qui serait envoyé. Hélas ! trois semaines plus tard, ces deux officiers supérieurs étaient tués à Frœschwiler, et quand je conduisis mon détachement en France, c'était pour une tout autre destination.

Ce brave et excellent commandant Marion n'eut pas, au moins, la douleur de voir son pays devenir allemand.

CHAPITRE VI

GUERRE CONTRE L'ALLEMAGNE
FORMATION DU 4ᵉ BATAILLON — DÉPART
POUR ANTIBES

Dès que le 1ᵉʳ zouaves fut embarqué, le 4ᵉ bataillon fut constitué sous les ordres du major qui s'empressa de me donner pour sergent–major un de ses parents qui était déjà incapable comme sergent-fourrier.

Mon capitaine, M. Callet, avait pu permuter avec un collègue, détaché au conseil de guerre de Blida, et qui y resta. Je n'avais pas de sous-lieutenant. Ma position était, dans ces conditions, d'autant plus pénible, que ma compagnie fut chargée d'administrer les subsistants, et ce n'était pas une sinécure ; car nous reçûmes les engagés volontaires que chaque bateau nous amenait. Il en arriva plusieurs milliers qui étaient réexpédiés sur le dépôt à Coléa. J'étais toujours sur pied, montant la casbah trois fois par jour au moins, pour aller à la caserne. Il faut connaître cette montée pour pouvoir se rendre compte de la fatigue que je devais éprouver en juillet et en août, sans parler de mes autres occupations. J'en arrivai à être tellement surmené que la fièvre me prit ; je luttai tant que je pus, mais la fièvre devint si forte que je dus entrer à l'hôpital, où je restai plusieurs jours fort malade, saturé de quinine et de limonade, harcelé la nuit par les mous-tiques. C'est là que j'appris le désastre de Sedan. Je pus sortir quelques jours après et me rendis à Coléa, où avait été envoyée ma compagnie. On préparait l'envoi en France de détache-ments devant former de nouveaux régiments ; les uns furent envoyés à Paris, d'autres à Antibes, où se forma le 1er régiment de marche de zouaves.

Je partis un soir avec un détachement de six cents hommes, encadrés tant bien que mal, plutôt mal, par quelques sous-officiers, dont mon fameux sergent-major. Il est superflu de dire qu'il n'y avait aucune discipline ; on ne possédait aucun moyen de coërcition, et l'on ne connaissait pas la plupart des hommes qu'on était censé commander, et qui obéissaient quand cela leur plaisait. Partait qui voulait, restait qui voulait. Que pouvait-on au milieu de six mille engagés, parmi lesquels il y avait nombre d'arsouilles, venant de Paris, Lyon et Marseille qui trouvaient bon de se faire nourrir par l'Etat, et qui espéraient bien, en venant en Algérie, que la guerre serait terminée avant qu'on leur fit repasser la mer ! C'était une affreuse pétaudière ! De Coléa à Alger, ils m'assourdirent de chansons triviales, dont l'une avait pour refrain, indiquant bien la provenance des chanteurs :

> Sont chicards, sont flambards
> Les canotiers de la Seine ;
> Sont partout bien reçus
> Et partout font du chahut.

Comme cela préjugeait bien le réveil du patriotisme au lendemain de nos désastres !

L'embarquement eut lieu au petit jour, afin d'empêcher ces farceurs de visiter les auberges : la moitié se serait enivrée et aurait causé du scandale. En débarquant à Marseille, nous trouvâmes la garde civique qui voulait fraterniser ; elle était composée de la lie de la population. Je vis le moment où quelques-uns de ces brigands allaient me faire un mauvais parti, parce que j'ordonnais de marcher en ordre. Je me hâtai vers la gare, où un train était sous pression, et nous partîmes pour Antibes. Je trouvai, dans le compartiment où je montai un chef de bataillon d'infanterie de ligne, qui me dit aller à Antibes pour commander provisoirement le

régiment qu'on allait y former : il s'appelait
Robert. Ce que c'est que la Destinée ! De cette
rencontre fortuite, mon avenir allait prendre
une nouvelle direction.

Je donnai au commandant, pendant le trajet,
tous les renseignements que je pus ; je lui
dépeignis l'aptitude des six officiers qui compo-
seraient avec moi le noyau du cadre, afin qu'il
put les répartir suivant leurs moyens, surtout
dans les emplois supérieurs. Je me proposai
pour prendre les fonctions les plus difficiles à ce
moment : officier d'habillement et officier de
tir. Le lendemain, au rapport, le commandant
suivit mes indications, et nous formâmes l'em-
bryon du régiment, en attendant l'arrivée des
autres officiers.

Nous trouvâmes à Antibes trois mille autres
engagés volontaires qu'on n'avait pas voulu
envoyer en Algérie, où il y avait déjà pléthore.
On passa plusieurs jours à faire le triage des
hommes pour former les trois bataillons, en
choisissant d'abord ceux qui étaient arrivés
habillés, puis les hommes qui paraissaient
offrir le plus de garanties.

Entre temps, arriva le lieutenant-colonel
Chaulan qui vint prendre le commandement du
régiment : il quittait les fonctions de major, ce
qui était heureux pour les questions adminis-

tratives à résoudre. Il avait été en Crimée officier
d'ordonnance du maréchal Pélissier dont il
affectait le genre brutal ; au fond, c'était un
brave homme, plutôt timoré. Peu à peu, les
officiers désignés arrivèrent ; mais les sous-
officiers nous faisaient grandement défaut. Au
milieu de cette cohue, nous ne pouvions obtenir
une discipline suffisante ; il nous fallut plusieurs
fois mettre le revolver au poing pour nous faire
obéir, la nuit surtout. Tout cela était lamen-
table, et ce furent les moments les plus durs de
ma carrière. Ce ne fut, du reste, que lorsque le
général d'Aurelles de Paladines eut établi la loi
martiale, qu'on put respirer à l'aise.

Nous partîmes enfin avec trois bataillons
organisés comme effectifs, et nous fûmes dirigés
sur Nevers, où un camp était en formation.

ARMÉE DE LA LOIRE

Combat de Chilleurs-au-Bois — Bataille d'Orléans — Retraite sur Bourges

C'est à Nevers que commença la formation de l'armée de la Loire : on y constitua d'abord la 1re division du 15e corps, dont mon régiment fit partie. Elle était commandée par le général Martin des Pallières, de l'infanterie de marine, qui commanda bientôt après le 15e corps. Cette première division dépassa l'effectif de trente mille hommes : un vrai corps d'armée.

Au fur et à mesure de l'arrivée des régiments, on les échelonna sur la Loire, avec Orléans comme objectif. Mon régiment fut envoyé à Argent. Je dus, comme officier d'habillement, rester à Nevers pour recevoir, faire confectionner et expédier les effets de toutes sortes, les uns expédiés par le ministre, les autres confectionnés et achetés sur place. Le régiment avait passé des marchés à Nevers pour la fourniture de linge, de guêtres, de ceinturons, de bretelles de fusil, de cartouchières, etc. Je fis confectionner dans un maga-

sin de nouveautés des ceintures avec des
coupons de serge bleu ; je fis faire mille huit
cents petites gamelles rivées dans un bazar,
des chéchias en drap rouge chez le maître
tailleur du régiment dont le dépôt était à
Nevers. Les magasins de confections, les mar-
chands de cuir travaillaient jour et nuit, et je ne
cessais de les stimuler. J'avais avec moi un
sergent et une vingtaine de zouaves qui ne chô-
maient pas un instant ; il fallait, en effet,
envoyer chaque jour, par caisses ou par ballots,
tous les effets disponibles. Mais il ne suffisait
pas de les faire transporter à la gare ; il fallait
les faire partir, et c'était là le difficile, à cause
de l'encombrement formidable du chemin de
fer. Je ne vis qu'un parti à prendre : gagner
l'amitié de l'employé préposé au service de la
traction ; je m'insinuai dans ses bonnes grâces
par des paroles sympathiques ; puis, prétextant
ma solitude, je l'invitai à dîner. Bref, j'en fis
mon commensal, mon inséparable ; c'était, du
reste, un charmant garçon, et j'avais plaisir à
le fréquenter : tout était donc pour le mieux.
Aussi, dès que mes colis arrivaient en gare,
dûment pesés et étiquetés, avec la lettre de
voiture, ils étaient immédiatement placés dans
le premier wagon à envoyer à Gien, et accroché
au premier train en partance ; ils arrivaient le

jour même à Gien, accompagnés de deux hommes qui demandaient au maire, faisant fonctions de sous-intendant militaire, des voitures pour la réexpédition au régiment. Mon colonel était enchanté de recevoir si régulièrement les effets, et, quand tout fut à peu près terminé, je fus rappelé le 31 octobre par un ordre qui me désignait pour être employé à l'intendance.

Il était écrit que je devais être favorisé par la Destinée pendant cette campagne malheureusement si préjudiciable aux intérêts du pays, et c'est ce qui m'enlevait toute satisfaction morale. J'avais été nommé capitaine le 13 octobre, ayant quatorze mois de grade de lieutenant ; mon grade était donc acquis dans les conditions de la loi. Je me trouvais capitaine à trente-un ans ; en d'autres circonstances, j'eusse été fier et heureux, mais je devais cet avancement rapide aux malheurs de la Patrie.

Quelques jours après, le général de Pointe de Gévigny, commandant la division de Nevers, me fit appeler et me demanda si je me sentais capable de commander un régiment de mobilisés : je ne pouvais répondre qu'affirmativement. Il me dit alors qu'il allait me proposer pour lieutenant-colonel, au titre auxiliaire, pour commander le régiment dont les hommes étaient déjà réunis, et qu'il me fit passer en revue le lendemain. Il me recommanda de conserver mon costume de zouaves, ce qui me donnerait encore plus d'autorité. Quand je reçus l'ordre de rejoindre mon régiment, je demandai au général ce qu'il fallait faire ; il me dit de partir, sauf à me rappeler quand je serais nommé. Les événements se précipitèrent, et je ne reçus pas de nouvelles de cette affaire.

J'arrivai au camp d'Argent à 10 heures du soir, et j'allai immédiatement voir mon colonel qui m'apprit que, le sous-intendant divisionnaire ayant demandé au général de lui adjoindre un capitaine, il m'avait mis en avant parce que, connaissant l'intendance, il voyait pour moi un grand avantage à entrer dans ce corps. Et comme j'objectais que le service actif avait mes préférences, il ajouta : « En vous désignant, j'ai voulu vous récompenser de tout ce que vous avez fait pour le régiment. Comme jeune capitaine, vous n'avez rien à espérer. Dans l'intendance, vous serez rapidement officier supérieur, et vous me remercierez plus tard; puis vous rendrez certainement des services plus importants que comme capitaine. Je vous présenterai demain au sous-intendant divisionnaire ».

Certes, si j'eusse encore appartenu au 1er zouaves, j'aurais nettement refusé ; mais je

n'avais aucune attache avec mon nouveau
corps, composé d'hommes qui ne m'avaient
causé qu'ennuis et dégoûts, et dont je n'espérais pas grand chose de bon. Je me rappelais
aussi combien ma mère avait regretté autrefois
que mon père ne fût pas entré dans l'intendance,
comme il en avait eu l'intention. Je crus donc
devoir accepter, et je remerciai le colonel
Chaulan de ses sentiments à mon égard. Voilà
comment ma carrière reçut une nouvelle direction.

Le lendemain matin, mon colonel me présenta à M. Bassignot, sous-intendant de la
1re division, auquel je confirmai mon accepta-
tion, à la condition expresse que j'entrerais dans
l'intendance, au lieu de me borner au rôle de
capitaine-adjoint qui ne m'aurait conduit à rien,
sinon à me rendre la situation impossible
après la guerre ; car on ne manquerait pas de
dire que je m'étais embusqué. Soutenu par le
colonel Chaulan, qui approuvait mes dires,
M. Bassignot me promit son concours complet,
et, en effet, je fus nommé dans l'intendance en
décembre.

M. Bassignot était un homme remarquable
par son savoir, son esprit, l'élévation de son
caractère, sa bienveillance, sa pondération et
sa profonde connaissance des hommes et des

choses : il sortait de l'Ecole polytechnique et de l'arme du génie. Je ne pouvais avoir de meilleur guide pour m'initier à mes nouvelles fonctions ; les mois, que j'ai passés avec lui, m'ont valu des années d'apprentissage. Il avait assisté à la bataille de Sedan, et avait pu rester libre, comme étant, dans son ambulance, neutralisé par la convention de Genève. Toutes ces fatigues avaient ébranlé sa santé, et il a beaucoup souffert pendant toute cette terrible campagne d'hiver ; mais sa grande âme dominait le corps, et, jusqu'au dernier jour, il est resté à son poste. Il est mort prématurément, étant intendant à Marseille, profondément regretté de tous ceux qui l'avaient apprécié. Ils sont rares les hommes de cette trempe et de ce caractère !

Il prenait toutes les initiatives, et m'enseignait à ne jamais redouter les responsabilités. Je l'ai vu commander soixante mille rations de pain, alors que nous n'avions que trente mille hommes à nourrir, parce qu'il prévoyait que la moitié serait arrêtée en route par des retards, ou par des détournements au profit d'autres parties prenantes ; et cela se réalisait. Et pour les vivres, les troupeaux, les transports, les ambulances, que de décisions n'a-t-il pas su prendre, en temps opportun, et toujours judicieusement ! Quelle énergie pour défendre ses

droits, et pour maintenir chacun dans ses
devoirs ! Avec cela, fin lettré, causeur exquis,
musicien. Il n'avait alors que quarante-trois ans,
et il était animé d'un feu sacré inépuisable.
Jaloux de sa dignité, il savait tenir chacun à la
distance voulue, chefs comme subordonnés,
mais toujours avec une exquise politesse. Si l'on
bat en retraite, disait-il, même sous le feu le
plus violent, on doit marcher au pas. Et c'est
ainsi qu'il avait fait à l'armée du Rhin. Tous ses
ordres étaient nets, clairs et précis. Que de nuits
avons-nous passées, en attendant les ordres de
marche qu'il fallait traduire pour chaque service, rédiger et transmettre ; puis, veiller à leur
exécution ; car il ne suffit pas de donner des
ordres qui sont trop souvent mal exécutés. Que
de contre-ordres aussi, et souvent intempestifs !
Des convois ne marchent pas sur des routes
gelées comme l'infanterie, et souvent on ne
trouvait pas les troupes à l'endroit indiqué. Les
parties prenantes n'en accusaient pas moins
l'intendance d'imprévoyance, et certains chefs
faisaient chorus pour voiler leur responsabilité.
J'ai souvent envié l'insouciance de l'officier de
troupe qui n'a qu'à marcher et qu'à obéir, et
dont les fatigues et les préoccupations n'éga-
laïent certainement pas les nôtres.

Il a toujours été de bon ton de prendre

l'intendance pour bouc émissaire, et elle n'a généralement jamais récolté que l'injustice des chefs et les attaques imméritées des ignorants et des envieux.

Thiers a dit : « Il y aura toujours de bons intendants quand il y aura de bons généraux ». Ce n'est qu'une partie du programme. Il faut d'abord de l'organisation, sans laquelle les généraux restent impuissants ; car, pour prévoir et donner des ordres, il faut posséder les moyens d'exécution. On ne crée rien avec rien, et là où il n'y a rien. Il faut aussi trois choses : De l'argent, des moyens de transport et la liberté de se mouvoir pour trouver les nécessaires.

Actuellement, tout est prévu, coordonné ; en 1870, tout était à créer dès le commencement de la guerre. On peut juger combien la situation était critique après les premiers désastres, et il convient d'ajouter que l'on ne trouva pas, dans les populations traversées, le concours nécessaire. Elles cachaient les denrées, les réservant ainsi à l'ennemi qui avait la main plus lourde, et qui savait les trouver. Nous avons la conscience d'avoir fait tout ce que nous avons pu et dû.

Nous quittâmes Argent, en nous dirigeant vers Orléans. Le 9 novembre, eut lieu la bataille de Coulmiers, à laquelle nous ne participâmes pas. Après l'évacuation d'Orléans par les Allemands, nous allâmes à Chevilly, commune située entre Orléans et Arthenay, sur la route de Paris : on y arma une redoute avec des grosses pièces de marine. Les grands froids commencèrent pour ne plus nous quitter pendant la durée de la guerre.

Notre division fut ensuite concentrée à Chilleurs-au-bois, grosse commune située sur la route de Pithiviers, sur la lisière de la forêt d'Orléans. Nous formions le centre de l'armée, ayant à notre droite, du côté de Beaune-la-Rolande, les 18ᵉ et 20ᵉ corps d'armée ; à notre gauche, les 16ᵉ et 17ᵉ corps, à Arthenay et à Patay. On commit la même faute qu'à l'armée du Rhin, en disséminant les troupes. C'est ainsi que les allemands attaquèrent et battirent successivement, le 28 novembre, à Beaune-la-Rolande, les 18ᵉ et 20ᵉ corps ; puis le 2 décembre le 17ᵉ corps à Patay, et le 3 décembre les 15ᵉ et 16ᵉ corps, pendant que les 18ᵉ et 20ᵉ corps repassaient la Loire, au pont de Jargeau, au lieu de venir à notre secours.

Le 2 décembre au soir, le général Martin des Pallières, commandant le 15ᵉ corps, ordonna de se préparer pour le lendemain au départ ou au combat. On avait la certitude d'être attaqué le 3 ; les hommes reçurent quatre jours de vivres. M. Bassignot fit installer l'ambulance dans l'église, vaste monument du XVe siècle. Le 3, au matin, le convoi fut échelonné sur la route d'Orléans ; l'ordre était, en cas de retraite, de se diriger sur Chevilly, par la forêt.

Les Allemands nous attaquèrent vers 10 heures du matin ; notre artillerie était déjà en batterie à cinq ou six cents mètres de Chilleurs, dans la plaine qui s'étendait jusqu'aux batteries ennemies. Je proposai à M. Bassignot, qui restait avec le général, d'aller me rendre compte des phases du combat pour prendre à temps les mesures nécessaires, soit pour la marche en avant du convoi, soit pour la retraite : il m'approuva. Je me rendis dans la maison d'école, la plus rapprochée du champ de bataille ; je montai dans les combles d'où je pus, avec ma lunette, assister à toutes les phases du combat. Mon régiment était déployé devant tout le village, et soutenait l'artillerie qui livra un combat acharné à l'artillerie prussienne ; l'infanterie ne pouvait que rester dans l'expectative ; comme l'artillerie, elle recevait les obus prussiens, mais sans pouvoir répondre. Les obus arrivaient sur le village ; un obus coupa même la hampe du drapeau de la croix de Genève,

10

placé sur l'église. Je ne tardai pas à constater la supériorité des canons ennemis, et l'impossibilité de continuer la lutte, par suite des pertes éprouvées. Le colonel, commandant l'artillerie, dut ordonner la retraite pour prendre position en arrière de Chilleurs. Quand je vis se dessiner le mouvement de retraite, je me précipitai vers la grande place où je trouvai l'état-major et M. Bassignot ; je lui exposai la situation telle que je venais de la voir. Il m'ordonna de mettre le convoi en route pour Chevilly, et me dit qu'il me rejoindrait.

Quand je fus arrivé à la bifurcation qui conduit à Chevilly, par un chemin diagonal dans la forêt, j'arrêtai le convoi. J'entendais tonner les grosses pièces de la redoute de Chevilly, ce qui indiquait que l'attaque s'accentuait de ce côté ; en engageant un convoi aussi considérable dans la forêt (nous avions huit jours de vivres pour trente-deux mille rationnaires), nous risquions soit de rencontrer l'ennemi, soit de voir les conducteurs se sauver, pris de panique, si les obus nous atteignaient. Quand M. Bassignot m'eut rejoint, et me demanda pourquoi je ne continuais pas à marcher, je lui exposai ces raisons, en opinant qu'il fallait continuer sur Orléans. Il restait très perplexe. « Mais nous avons l'ordre », répétait-il ; j'insistai

vivement, en appuyant sur la responsabilité
que nous encourrions si le convoi était pris.
« Rappelez-vous Grouchy, lui dis-je ; pour nous,
c'est l'inverse. » Je lui offris d'aller demander de
nouveaux ordres au général ; mais comme la
canonnade s'accentuait, non seulement du côté
de Chevilly, mais derrière nous, M. Bassignot
prit le parti d'aller à Orléans ; il amenait les
voitures de l'ambulance, n'ayant laissé à
Chilleurs que les médecins qui, étant neutralisés,
devaient nous rejoindre après avoir remis les
blessés entre les mains de leurs collègues
allemands. Il me quitta pour aller préparer
l'installation de l'ambulance ; je devais trouver
son adresse à la Place.

Notre artillerie, commandée par le général
Minot, qui suivit le chemin allant à Chevilly, dût
abandonner plusieurs canons dans la forêt ;
nous, nous aurions tout perdu, et nos troupes
eussent été à la mendicité en Sologne. Ce qui
prouve une fois de plus qu'il faut agir selon les
circonstances et prendre toute initiative, au lieu
de ne chercher qu'à couvrir sa responsabilité,
en exécutant littéralement les ordres.

En passant sur la place du Martroy, à
Orléans, je vis des faisceaux de fusils devant un
café. Intrigué, je voulus savoir à qui ces fusils
appartenaient. Je vis, assis tranquillement, en

train de se restaurer, la compagnie de francs-
tireurs, qui était avec nous à Chilleurs,
remarquable par ses beaux vêtements bleu de
ciel. Ils n'avaient pas attendu les évènements ;
les coups de canon leur avaient indiqué le
meilleur chemin à prendre pour se conserver
à la patrie. C'était vraiment trop de lâcheté
et d'impudence. Ces francs-tireurs étaient
nombreux en France ; ils étaient la terreur des
populations qui les redoutaient bien plus que
l'ennemi lequel, au moins, faisait des réqui-
sitions avec ordre et discipline, tandis que
ceux-là étaient de vrais pillards. Maintes fois,
des paysans m'ont demandé, avec anxiété, s'il
n'allait pas venir des francs-tireurs. Le plus
grave, c'est que, par des actes inconsidérés, ils
compromettaient trop souvent des populations
paisibles et inoffensives, en les exposant à de
terribles représailles, telles, par exemple, que
l'Isle-sur-le-Doubs et Clerval, bombardées par
ordre du général de Werder, parce que des
francs-tireurs, sans mandat, avaient tiré sur ses
troupes. Qu'on ne revoie jamais ces bandes
indisciplinées !

Il y avait une autre catégorie de gens qui
vivaient grassement pendant que l'armée
souffrait : c'était le personnel de certaines
ambulances civiles qui avait préféré au fusil le

brassard de la croix de Genève. Ces ambulances, restant indépendantes, allaient où elles voulaient, et, quand on quêtait leur coopération, elles l'éludaient en alléguant, soit la nécessité de poursuivre leur route, soit l'épuisement de leurs approvisionnements qu'elles n'avaient probablement jamais constitués. Il s'est trouvé des ambulances où il n'y avait même pas de médecins. Tout cela, nous avons été à même de le constater. On rencontrait toujours ces gens-là dans les meilleurs gites, se faisant héberger en exploitant leurs dehors humanitaires : ils étaient encombrants, gênants, inutiles et odieux.

En prévision des événements probables, et pour éviter tout aléa, je fis passer la Loire au convoi et aux voitures d'ambulance. Le matériel d'ambulance fut remisé dans l'immeuble des sœurs qui se trouvait à gauche de la route d'Olivet. Je fis placer les voitures du convoi, deux à deux, sur la droite de cette route, les dernières assez éloignées du pont pour ne pas gêner la circulation. Je donnai l'ordre au capitaine du train, chef du convoi, de ne laisser s'absenter qu'un conducteur sur deux pour aller chercher vivres et fourrages, et d'empêcher par la force toute velléité de pillage ; enfin de ne pas bouger et de ne permettre aucune distribution avant mon retour. C'est que la situation était grave ; car il était de toute impossibilité de nous ravitailler en ces moments-là. Je rejoignis ensuite M. Bassignot, en lui rendant compte des dispositions que j'avais prises, et de l'avantage d'installer l'ambulance de l'autre côté de la Loire. Quand les médecins nous rejoignirent, ils furent logés près de leur matériel.

« Vous feriez bien, me dit M. Bassignot, d'aller à la gare des Aubrais pour avertir, s'il les ignore, le sous-intendant des événements qui se préparent, et l'engager, de ma part, à nous imiter, en portant de l'autre côté de la Loire les wagons d'approvisionnements. » J'arrivai à la gare vers minuit ; le sous-intendant, M. Bilco, dormait sur une chaise-longue tout habillé. Je lui exposai la situation ; il en était ahuri, car il ne savait rien des événements, et ne se doutait pas du recul des troupes. Il me chargea de ses remerciements pour M. Bassignot qui l'avait averti à temps. Il n'y avait pas, en effet, de temps à perdre, les Prussiens pouvant être le jour même aux Aubrais ; et c'est ce qui arriva effectivement.

Je rejoignis ensuite mon convoi, où je trouvai tout en ordre. J'attendis toute la nuit les ordres que M. Bassignot devait me trans-

mettre ; rien n'arriva. Le matin, je vis défiler,
pendant plusieurs heures, des soldats de tous
corps, s'en allant avec armes et bagages. Je
cherchai à arrêter les premiers, en leur disant
que leurs corps étaient de l'autre côté de la
Loire, et qu'ils devaient les rejoindre. Ils
continuèrent leur route sans m'écouter, et j'eus
le crève-cœur de voir fuir des milliers d'hommes,
sans pouvoir m'y opposer. Le commandement
n'avait pas même eu l'idée de placer un poste
à la tête du pont pour empêcher tout exode !
Ce sont ces lâches qui se répandaient dans les
campagnes, en mendiant, prenant pour prétexte
de leur conduite ignominieuse qu'on ne leur
distribuait pas de vivres. Ils se faisaient distribuer des billets de logement dans les mairies.
Quand j'arrivai à la mairie de Bourges, je la
trouvai encombrée de ces fuyards. Je fis honte
au Maire de leur délivrer des billets de logement,
alors que leur seule place était le poteau
d'exécution. Il avait l'air très étonné de mes
paroles, et surtout, de mon ton ; car j'étais
furieux, et je le laissai voir, prêt à brûler la
cervelle au premier troupier qui m'aurait insulté
ou menacé. En tout cas, il cessa la distribution,
et les braves s'éclipsèrent sans demander leur
reste.

La canonnade recommença le 4 au matin, et

ne fit, que se rapprocher. M. Bassignot nous rejoignit ; il avait reçu l'ordre de diriger le convoi sur Olivet, en cas de retraite. Quand nous apprîmes qu'on se battait aux Aubrais et que les Allemands marchaient sur Orléans, nous fûmes d'avis qu'il fallait laisser la route libre, autant pour le passage des troupes que pour éviter que nos voitures fûssent, dans le désordre inséparable de la retraite, exposées aux avaries et aux déprédations. Je mis donc le convoi et l'ambulance en route pour Olivet qui est à 5 kilomètres d'Orléans, où l'on attendrait de nouveaux ordres. Je retournai ensuite à Orléans pour rejoindre M. Bassignot qui restait en communication avec la Place, afin de n'agir qu'à bon escient ; on pouvait encore espérer que la défense serait énergique et victorieuse. Mais, plus j'approchais, plus le feu augmentait; le ciel était sillonné de projectiles lumineux, et la retraite était commencée. Quand j'arrivai péniblement chez les sœurs, où était le rendez-vous, je sonnai vainement plusieurs fois : on n'ouvrit pas. Il était plus de dix heures. Je m'étais croisé avec notre personnel, sans le voir ; je fis demi-tour, et bientôt je fus renversé par des fantassins qui me bousculèrent en fuyant, et je tombai, la hanche sur la poignée de mon sabre : le choc fut douloureux, mais sans gravité. Si, au lieu de tomber à gauche, j'étais tombé à droite, j'aurais été écrasé par des pièces d'artillerie qui défilaient au grand trot. Quand j'arrivai à Olivet, je cherchai longtemps M. Bassignot, que je trouvai enfin dans un château, à table avec les médecins et l'aumônier. Nous pensions nous reposer un peu, en nous étendant sur des lits dédoublés : j'avais pour ma part une paillasse élastique qui ne me réchauffait guère ; mais, vers deux heures du matin, arriva le général en chef d'Aurelle de Paladines, avec son état-major. Nous n'avions plus qu'à déguerpir.

La retraite continua par Lamotte-Beuvron, Salbris, où nous couchâmes la nuit suivante sur de la paille, dans la maison d'école. Nous arrivâmes le quatrième jour à Bourges, où l'armée devait se refaire. Mes chaussures étaient usées, et tous les magasins étaient vides ; je trouvai, par bonheur, chez un petit bottier, une paire de bottines à élastique qui venait d'être terminée : elle était à double semelle et en cuir très fort. Elle avait bien deux centimètres de longueur en trop, avec une largeur proportionnelle ; je ne m'en plaignis pas, car je pus ainsi mettre deux paires de chaussettes en laine, ce qui me rendit un service signalé par ce froid et ces neiges. J'y fis adapter des éperons, et ces

chaussures ne me quittèrent plus jusqu'en
avril. Nos pauvres soldats eùssent bien moins
souffert, s'ils avaient été mieux chaussés, et leur
entrain y eut gagné. Quand on a les pieds glacés,
on a froid partout ; c'est la source de tant de
maladies graves !

Les hôpitaux et les ambulances étaient bondés
de varioleux ; je dus passer de longues heures
au milieu d'eux pour signer les billets d'entrée
·et de sortie et les listes d'évacuation. Le
personnel manquait, et il fallait se multiplier.
Cette épidémie a fait bien des victimes pendant
la guerre.

Nous fûmes ensuite dirigés sur Vierzon. Il
m'arriva à Mehun, étape entre ces deux villes,
une aventure qui eut pu mal tourner pour moi.
J'étais parti en avant, avec nos bagages, afin
d'aller préparer le logement de l'ambulance et
l'emplacement du convoi. Il y avait, ce jour-là,
un verglas considérable qui retarda la marche
des troupes. Comme nos chevaux étaient bien
ferrés à glace, nous trottions souvent, de sorte
que j'arrivai à Mehun avec une avance considérable ; j'avais avec moi trois hommes, armés de
mousquetons. Sur la grande place, je m'arrêtai
devant un café pour prendre langue ; le cafetier
me fit observer qu'une patrouille de ulhans
était là quelques instants auparavant. Je fis

entrer immédiatement mes trois hommes dans le café, charger leurs mousquetons, et des personnes de bonne volonté partirent à la découverte. En tout cas, nous pouvions nous défendre ; il eut fallu aux ulhans mettre pied à terre pour nous attaquer, et, avec les trois mousquetons, j'avais mon révolver. Mais nous n'eûmes pas à guerroyer ; on vint bientôt nous apprendre qu'ils étaient partis du côté de Vierzon. Nous avions mis en fuite cette patrouille, qui nous avait pris probablement pour l'avant-garde de l'armée. M. Bassignot rit beaucoup de mon équipée qui lui rappelait celle de mon prédécesseur auprès de lui : il avait été fait prisonnier, à l'armée du Rhin, dans des circonstances analogues. Je lui certifiai que, quant à moi, je ne me serais pas rendu, la perspective d'être conduit prisonnier en Allemagne m'étant odieuse.

Nous restâmes quelques jours à Mehun, puis nous allâmes à Vierzon, d'où nous revinmes à Mehun, puis à Bourges, avec une division, les deux autres restant à Vierzon.

Entre temps, M. Bassignot voulut me proposer pour chevalier de la Légion d'honneur ; je refusai, n'admettant pas que l'on songeât aux distinctions honorifiques, alors que nous battions toujours en retraite. J'eus tort d'être si désintéressé, car je ne fus décoré que six ans plus tard, pour des raisons que j'exposerai.

Le fameux mouvement de l'armée vers l'Est
fut exécuté dans les premiers jours de janvier.

Le convoi et le troupeau furent mis en route
par la voie de terre. Le convoi ne nous rejoignit
qu'au cours de notre retraite. Nous partîmes
les premiers afin d'aller tout préparer ; nous
n'en restâmes pas moins trois jours en route,
avant de débarquer à Clerval, dans le Doubs.
Les dernières troupes mirent dix jours ! Nous
nous étions munis de vivres pour plusieurs
jours. J'avais acheté une paire de chaussons,
avec galoches, pour me tenir lieu de bouillotte :
c'était prudent pendant ces grands froids.
M. Bassignot avait de grandes bottes fourrées. Je
dus prêter de temps en temps mes galoches,
afin de l'empêcher d'avoir les pieds gelés, à son
chef de bureau, M. Gillette, officier d'administration qui avait déjà fait avec lui la campagne
du Rhin, et qui se montra toujours aussi dévoué
qu'infatigable. On peut s'imaginer quelles furent
les souffrances des troupes pendant ce trajet,
par un froid pareil et sans moyens de ravitaillement, et dans quel état moral et physique elles
se trouvaient en débarquant.

ARMÉE DE L'EST

BATAILLE D'HÉRICOURT — COMBAT DE LA CLUSE

ENTRÉE EN SUISSE — RENTRÉE EN FRANCE

Nous arrivâmes le soir à Clerval; le Maire nous donna des logements pour nous et nos bureaux. M. Bassignot fut agréablement surpris d'apprendre qu'une énorme quantité d'approvisionnements avait été réunie par l'intendant général Friant, intendant en chef de l'armée. Ce haut fonctionnaire avait de nombreuses campagnes; au Mexique, il avait été nommé ministre des Finances par Maximilien qui connaissait ses grandes facultés; mais le Gouvernement français ne ratifia pas cette désignation. M. Friant ne s'embarrassait de rien; ayant une santé de fer, une énergie indomptable, une initiative toujours en éveil, il donna, dans ces circonstances difficiles, comme il avait déjà fait à Metz, la mesure de sa haute valeur.

Le Doubs est un pays de pâturages; le
bétail sur pied existait sur place, ainsi que les
fourrages. Les vivres étaient donc largement
suffisants; mais ce qui fut insuffisant, ce furent
les moyens de transport dans un pays où les
charrettes allongées, mais très étroites, sont
d'un chargement difficile et d'une faible capa-
cité. La gare de Clerval était encombrée de
wagons chargés; cette gare était sans ressources
ni dégagements; elle était insuffisante pour les
déchargements et les manutentions. Aussi,
a-t-on éprouvé de rudes déboires lors de
l'arrivée des troupes. Elle avait été choisie assez
inconsidérement comme point terminus. Il est
vrai qu'on n'avait guère de choix sur cette ligne
resserrée entre le Doubs et les montagnes.

Les moyens de transport ne s'improvisent
pas, surtout dans une saison si rude où les
chevaux, n'étant pas bien ferrés à glace pour le
plus grand nombre, glissaient et s'abattaient
souvent sur les routes à pentes continuelles. Il
n'y a qu'une chose qui puisse étonner, c'est
qu'on soit arrivé à vivre au milieu de pareilles
difficultés, mais au prix de quels efforts et de
souffrances !

A qui imputer la responsabilité de cette
situation déplorable ? Ce n'est certes ni aux
généraux ni aux intendants. Elle incombe tout

entière à ceux qui n'ont pas craint d'envoyer, au
cœur d'un hiver aussi terrible, dans les monta-
nes du Doubs et du Jura, une armée déjà
épuisée, mal équipée et mal chaussée, sans
calculer les difficultés insurmontables qui
l'attendaient. M. de Freycinet, comme ingénieur,
eut dû se rendre compte, en outre, de l'impossibilité, pour les chemins de fer, d'opérer
rapidement le transport de l'armée qui eut dû
être accompagnée de tout le matériel nécessaire.
M. Bassignot, qui avait été son camarade à
l'école Polytechnique, le jugeait sévèrement.
Pour opérer un mouvement aussi excentrique
avec quelque chance de succès, il eut fallu aller
vite pour surprendre l'ennemi et arriver avec
des troupes fraîches, bien en train, bien équipées
et chaussées, bien approvisionnées, et ayant
confiance dans le succès final. Il est inutile de
demander si une seule de ces clauses était
remplie. C'était de la démence, et pas autre
chose. Et le Ministère osait harceler le général
Bourbaki, auquel il reprochait son inaction !

M. Bassignot était très lié avec le général en
chef, et je savais par lui toutes les rancœurs de
cet homme qui avait été si brillant et qu'on
poussa au suicide. Ce n'est pas que son geste
fut beau dans cette occasion ; car c'était une
désertion, et cela retarda la marche de l'armée,

pendant qu'on attendait son successeur, qui fut le général Clinchamp. Quand elle voulut reprendre sa marche, vers le Sud, le général Manteuffel avait fermé la boucle, et elle ne put passer. La France perdait sa dernière armée qui, reconstituée à Lyon, eut pu modifier les conditions de la paix ; car, quelle admirable position n'eut-elle pas eue, avec le camp retranché de Lyon comme base d'opérations, pendant que l'armée de la Loire se serait repliée sur le plateau central, et avec les ressources considérables de tout le Midi !

Bismarck eut été forcé de compter avec une nation pouvant mettre encore en ligne une armée considérable, et voulant la lutte à outrance. Durer, tout était là, parce que probablement, devant le prolongement d'une lutte épique, l'Europe se fut décidée à intervenir, sinon par les armes, du moins diplomatiquement : elle ne pouvait pas permettre l'occupation entière de la France et son démembrement.

L'intendant du 15ᵉ corps, M. Santini, tombé malade, ne nous rejoignit pas ; M. Bassignot le remplaça, tout en restant attaché à la 1ʳᵉ division. C'était pour lui, comme pour moi, un surcroît de besogne considérable ; mais M. Bassignot surmonta toutes les difficultés, et je puis certifier que le 15ᵉ corps fut toujours pourvu du nécessaire. Nous pûmes assurer les distributions dans la gare de Clerval au fur et à mesure de l'arrivée des troupes, et nous trouvâmes, dans les riches communes de la vallée du Doubs, assez de voitures pour envoyer les denrées au corps de troupe qui s'éloignèrent peu de la vallée et la suivirent jusqu'à Besançon pendant la retraite. Les troupes, qui opérèrent dans la montagne, n'eurent pas nos facilités, surtout pendant la retraite jusqu'à la frontière suisse.

Pendant notre séjour à Clerval, le général Durieu, commandant la 1re division du 15e corps, devint fou : il demandait à être nommé caporal ! Il était sous-gouverneur de l'Algérie avant la guerre ; son cerveau n'avait pu supporter tant de secousses morales.

Nous ne participâmes pas au combat de Villersexel, victoire sans lendemain, comme la bataille de Coulmiers.

Nous assistâmes à la bataille d'Héricourt qui dura trois jours, du 15 au 17 janvier. Nous avions installé l'ambulance et le convoi à Dung, au pied d'un contrefort qui nous séparait du champ de bataille. Les cacolets du train ne cessaient pas d'aller chercher les blessés, et j'y veillais d'une façon particulière; il fallait stimuler les conducteurs. J'en découvris qui

11

s'embusquaient dans une ferme. Pendant un de ces mouvements, je rencontrai le capitaine Aloïsi, que j'avais eu pour collègue à St-Cyr ; une balle venait de lui briser un doigt. Je l'engageai à rester avec moi jusqu'à mon retour à l'ambulance, afin de le faire opérer par le meilleur chirurgien, le médecin-major Dieu, qui était remarquable par son sang-froid, son adresse, son entrain et sa résistance extraordinaire à la fatigue. Il est arrivé directeur du service de santé au ministère de la Guerre. Les autres médecins étaient aussi dévoués ; mais le talent est essentiellement personnel. M. Dieu fit asseoir le capitaine sur une chaise, et, pendant que je le soutenais, le doigt fut, en un tour de main, coupé et pansé.

Pendant mes pérégrinations sur les confins du champ de bataille, je vis devant une ferme, très défilée, de nombreux chevaux de selle, tenus en main par des soldats, avec un sous-officier, porteur d'un fanion. Intrigué, j'entrai dans la ferme, et je ne fus pas peu surpris de voir un général de division qui se chauffait devant la cheminée, entouré de son état-major : c'était le général Rébillard, commandant la 2ᵉ division du 15ᵉ corps, l'ancien commandant en second de St-Cyr, le fàmeux Golo. Cela ne veut pas dire qu'il n'a pas fait son devoir ; car cette division fut celle qui garda, pendant la retraite, le plus de cohésion et la meilleure allure.

Après les trois jours de combat, le 15ᵉ corps battit en retraite sur Besançon.

On a accusé le général Billot, commandant le 18ᵉ corps, d'être arrivé trop tard sur le champ de bataille, et d'avoir la plus grande part de responsabilité dans notre échec. On l'avait déjà accusé d'impéritie au combat de Beaune-la-Rolande. Ce n'est pas moi qui me prononcerai, et pour cause. Ce qu'on peut affirmer, c'est que sa réputation n'était pas bonne dans l'armée : on l'appelait le faux témoin, à cause de son attitude louche. Lors de l'entrée en Suisse, il n'hésita pas à abandonner son corps d'armée, en se déguisant, pour aller à Bordeaux, où le général Le Flô, ministre de la Guerre, le blâma de ne pas avoir suivi le sort de ses troupes. La politique l'a dédommagé des blâmes et de la mésestime : cela lui a suffi sans doute ; car son aplomb et sa désinvolture ne se sont jamais démontés. Il avait commis au Mexique une action déloyale, en attaquant, avec le bataillon d'Afrique, à Chalco, près de Mexico, un parti mexicain qui était au repos, alors qu'il était entendu que les hostilités seraient suspendues pendant la retraite de l'armée française. Le général Porfirio Diaz protesta énergiquement contre cette attaque lâche et traitresse : Billot, qui avait cru se faire valoir, fut vertement tancé.

Maintenant, on peut se demander quel résultat pratique aurait été obtenu, si nous avions débloqué Belfort, et repoussé le général de Werder. Etions-nous dans la possibilité de le poursuivre en Alsace, et de couper les communications de l'armée allemande, alors que nous n'avions pas nos derrières assurés, pas de base de ravitaillement surtout en munitions, pas de secours à attendre, et que, au contraire, nous aurions été attaqués de dos et de flanc par le général de Manteuffel ? C'est une utopie de le croire.

La seule détermination à prendre, dès que la marche enveloppante de ce dernier fut connue, eut été de battre rapidement en retraite, pour l'empêcher de nous tourner.

A l'Isle-sur-le-Doubs, le Maire, auquel je demandais des locaux pour l'ambulance, me dit à brûle-pourpoint : « Est-ce que votre Général est fou ? » Voyant mon ahurissement, il ajouta : « Il ne semble pas se douter qu'il est tourné par les Prussiens qui s'avancent dans la vallée de l'Ognon. » Je ne m'en doutais guère, et j'allai rapporter ces paroles à M. Bassignot qui avisa le général Bourbaki. Cela ne servit à rien, nous continuâmes à battre tranquillement en retraite

sur Besançon. On sait le reste. Nous perdîmes
un temps précieux à Besançon, et lorsque nous
voulûmes prendre la route de Poligny, les
Allemands étaient déjà à Quingey. Nous dûmes
diriger les convois sur Beure, Ornans et
Pontarlier. Au fur et à mesure qu'on montait,
le froid redoublait. Je ne sais pas combien il y
avait de degrés ; mais, ayant acheté à Besançon
des bouteilles d'eau de St-Galmier, enveloppées
de manchons de paille, que je plaçai dans des
caisses et dans un fourgon fermé, je ne trouvai
plus que des morceaux de glace, ayant fait
éclater les bouteilles. Le pain se conservait bien,
étant gelé, l'eau s'étant changée en cristaux de
glace à l'intérieur.

Je m'étais parfaitement habitué au froid, et
j'y étais devenu indifférent. Il suffit d'être bien
chaussé et ganté, et de pouvoir préserver les
oreilles. Je n'avais, en somme, qu'un gilet, une
chemise et un caleçon de flanelle, ma tunique
et un caban : cela m'a parfaitement suffi. Je
dormais n'importe où, quand je ne trouvais pas
de gîte, enveloppé dans une simple couverture ;
mais j'avais pour principe de ne jamais m'appro-
cher du feu, parce que les transitions du froid
au chaud, et réciproquement, amollissent les
chairs et donnent des engelures. Jamais d'eau
chaude. Je ne me suis jamais mieux porté que

pendant cette campagne d'hiver : le froid conserve, à la condition d'être suffisamment nourri. Malheureusement, M. Bassignot avait de l'emphysème, et il a beaucoup souffert des rigueurs de la température ; mais sa volonté dominait le mal. Je m'évertuais pour lui trouver un gîte ou une voiture fermée. J'en avais réquisitionné une à Clerval ; mais le cocher la versa dans un fossé, par mauvais vouloir, et je dus l'abandonner. Les moments les plus pénibles furent entre Besançon et Pontarlier.

Il m'arriva, dans une auberge, située près de Beure, une aventure comme il en arrive par les temps troublés, quand tout sentiment de discipline a disparu. Un détachement de mobilisés se trouvait là. Nous avions pu trouver des lits ; mais, quand je voulus me coucher, je trouvai deux mobilisés occupant ma place. Je demandai à l'aubergiste s'il les avait prévenus qu'un capitaine avait retenu ce lit ; sur sa réponse affirmative, je les secouai vivement et les fis lever et partir, ce qu'ils firent en maugréant. Je venais de me coucher, selon ma coutume avec mes vêtements de flanelle, quand je vis entrer un lieutenant et trois hommes en armes ; le premier m'invectiva pour avoir malmené les deux mobilisés, et m'invita à déguerpir. Assis sur mon séant, je cherchai à lui faire comprendre la gravité de sa démarche. Il est probable qu'il avait fêté la dive bouteille ; le fait est qu'il fit le geste de me saisir pour me faire lever. J'avais l'habitude d'avoir toujours mon révolver auprès de moi. Je ne fis qu'un bond hors du lit, mon révolver à la main, et je criai à mes gaillards : « Si vous faites un geste, si vous ne partez pas au moment où je parle, je vous tue. » Ils sentirent à mon ton et à mon regard que c'était sérieux, et ils filèrent comme des cerfs ; mais M. Bassignot, logé dans une chambre voisine, qui avait entendu mes éclats de voix, arrivait déshabillé et avec son képi ; très musclé, il saisit le lieutenant au cou et le serrait ferme, pendant que les trois mobilisés dégringolaient l'escalier. Je dus lui arracher le lieutenant des mains, et je poussai celui-ci dans l'escalier, en lui disant : « Vous vous souviendrez de nous. » Il fila tout penaud, en s'excusant comme il pouvait. Cette scène eut été comique dans un autre moment, d'autant plus que je n'avais pas quitté mon casque à mèche. L'affaire en resta là ; nous avions bien d'autres chats à fouetter ; puis, dans ces moments troublés, il n'est plus de sanction.

J'étais, depuis quelque temps, le sous-intendant du quartier général, tout en restant l'adjoint de M. Bassignot. Voici, au 26 janvier soir, la situation des vivres de mon convoi ; je l'ai conservée comme pièce probante :

Pain...............	4.200	rations
Biscuit.............	17.000	id.
Riz.................	51.000	id.
Sel........	38.000	id.
Sucre..............	85.000	id.
Café..............	75.000	id.
Eau-de-vie....	4.800	id.
Lard salé...	31.000	id.
Bœuf conserves.....	18.900	id.
Viande distribuable	2.200	id.
Viande sur pied....	74	bœufs ou vaches
Foin..............	150	rations
Avoine............	3.600	id.

Signé : Le Comptable, GUILLAUME.

Tout était à l'avenant dans les trois divisions du 15e corps. Seuls, les traînards et les fuyards ont pu manquer de vivres, comme sur la Loire. Ce sont eux qui jetaient dans la population de fausses idées sur la situation, et les personnes naïves ou malintentionnées s'en emparaient pour nous calomnier. Jusqu'aux derniers jours, nos troupes reçûrent leurs rations de guerre, sauf pour le pain, dont la ration fut réduite à 500 grammes, à partir du 25 janvier, en vertu de l'ordre suivant :

« A partir de demain, 25 janvier, la ration de pain est réduite à 500 grammes. Il ne sera plus accordé à chaque officier, quel que soit son grade, qu'une seule ration de vivres par jour. Les isolés, qui se trouvent dans une position irrégulière, n'auront pas droit aux vivres. »

Nous arrivâmes à Pontarlier le 29 janvier ; j'installai l'ambulance du quartier général ; le convoi fut placé sur la route du fort de Joux. C'est là que nous apprîmes la nouvelle de l'armistice. Pour mettre le comble à nos maux, le Gouvernement avait oublié d'aviser l'armée de l'Est qu'elle n'était pas comprise dans l'armistice général, sans quoi bien des troupes eûssent pu s'échapper, comme quelques-unes le firent, en suivant les crêtes par Champagnole, les Planches, St-Laurent ; mais tous les mouvements s'arrêtèrent. On pensa pouvoir prendre ses quartiers d'hiver, en attendant la signature de la paix, et, pendant ce temps-là, les Allemands continuaient leur mouvement enveloppant, en ouvrant le feu sur des troupes sans défense, qui dûrent, devant ce qu'elles croyaient être une félonie puisqu'elles comptaient sur l'armistice, accentuer leur mouvement de retraite vers la Suisse. On ne se gardait pas, pensant que les Allemands conservaient, comme nous, l'immobilité ; c'est ainsi que le général Dastugue, commandant la 1ʳᵉ division, fut fait prisonnier à Sombacourt, étant à table, avec son brigadier Minot. Malgré l'armistice, ces généraux eussent dû se garder, et veiller sur leurs troupes ; ils ont donc manqué à leurs devoirs. C'est ce même général Minot qui avait abandonné des pièces de canon dans la forêt d'Orléans. L'ambulance et les convois de cette division n'eurent que le temps de se replier sur Pontarlier. Nous perdîmes ainsi quarante-huit heures, mises à profit par l'ennemi qui acheva son mouvement enveloppant.

Le 30 janvier, le général Martineau des Chenets, commandant notre corps d'armée, me fit appeler, et me dit : « J'en ai assez, je suis exténué ; signez-moi un billet d'entrée à l'ambulance et un billet d'évacuation. » Ce que je fis, et il partit pour la Suisse. Depuis la retraite d'Héricourt, ce général, qui avait été très brillant, donnait des signes évidents de découragement accentué et d'affaissement moral. Je l'entendis dire à M. Bassignot, à haute voix. sans se soucier des oreilles présentes : « Mon cher Intendant, nous sommes foutus. »

Il ne restait à Pontarlier que le général Peytavin, commandant la 3e division, ancien général de gendarmerie, qui avait repris du service pendant la guerre. J'allai au nom de l'Intendant du 15e corps, lui demander des ordres; il me répondit : « Je n'ai pas le droit de vous donner des ordres, faites ce que vous voudrez. »

Les souffrances physiques et morales de cette néfaste campagne causèrent bien des défaillances, et le suicide du général Bourbaki n'était pas fait pour rehausser les énergies et les initiatives. Comme circonstances atténuantes, l'homme, en vieillissant, ne conserve pas souvent la force de réaction nécessaire ; la volonté s'affaisse avec les forces corporelles. Je suppose qu'à notre place, le vieux de Moltke n'eut pas été brillant, comme tant d'autres qui portent beau, quand tout va bien. Que d'hommes se sont fait sauter un doigt pour en finir ! Les médecins en firent souvent la remarque.

Nous aurions pu diriger nos convois sur la Suisse le 31 janvier ; mais, du moment que personne ne nous donnait des ordres, nous ne pouvions prendre la responsabilité d'enlever des vivres aux troupes qui pouvaient arriver ; nous ignorions absolument quels étaient les mouvements des troupes. M. Bassignot se décida à laisser tout sur place, ne voulant pas lui-même partir sans ordre, et croyant de son devoir et de sa dignité, dans ces conditions, de ne céder qu'à la force. Le 31 janvier au soir, nous apprîmes, par des troupes de passage, que les Allemands marchaient sur Pontarlier, où ils arriveraient probablement le lendemain, M. Bassignot laissa les médecins et les officiers d'administration de la 1ʳᵉ division libres de disposer de leurs personnes comme ils l'entendraient, puisque leur division avait disparu. L'ambulance du quartier général resta organisée pour remettre les malades et blessés aux médecins allemands ; seulement, les deux médecins partirent sans ordre pour la Suisse le 31 au soir, de sorte que ce fut le comptable, M. Delhomme, qui dut les remplacer pour la remise du service. Il me raconta cela quand je le retrouvai à l'hôpital d'Aumale, en Algérie. J'ai conservé le nom des deux médecins ; il vaut mieux ne pas nommer ces déserteurs. J'étais logé, avec nos bureaux, chez le juge d'instruction qui était absent ; sa femme voulait me faire endosser des vêtements de son mari, pour échapper aux Allemands. Je déclinai naturellement cette offre.

Le 1ᵉʳ février, je chargeai un officier du train d'aller à la découverte, avec la consigne de revenir quand il apercevrait l'avant-garde des Allemands ; il était environ 9 heures quand il revint. J'allai prévenir M. Bassignot, et nous nous mîmes en route, avec nos bagages, après avoir laissé passer une compagnie d'infanterie extrême arrière-garde. Nous quittâmes donc Pontarlier les derniers de l'armée française.

Les voitures des convois, qui s'étaient agglo-

mérées en avant de Pontarlier, occupaient toute
la route jusqu'au village de la Cluse, distant de
4 kilomètres : nous dûmes laisser nos bagages
et nos chevaux derrière ces voitures; il était
absolument impossible de passer à cheval dans
ce fouillis de voitures, et à travers champs à
cause de l'agglomération des neiges. Nous
nous portâmes à la tête du convoi, qui ne
pouvait se mettre en marche, à cause de l'artillerie qui défilait, arrivant par une autre route.
Vers 11 heures, la fusillade éclata du côté de
Pontarlier : c'était l'ennemi qui tirait sur le
convoi, sans s'inquiéter s'il était défendu,
ou non. La panique s'empara aussitôt des
convoyeurs qui se sauvèrent, en abandonnant
tout ; ceux qui purent emmener leurs chevaux
augmentèrent le désordre. Je m'étais porté en
avant, pour voir le défilé de l'artillerie, lorsque
je vis arriver l'avalanche des fuyards; je n'eus
pas le temps de me garer, et je fus renversé
par des chevaux. Heureusement, la neige très
épaisse me protégea; je n'eus qu'un éperon
arraché. Après m'être relevé, je me trouvai
emporté par la foule jusqu'au delà du fort de
Joux, où se trouvait en bataille, devant le
chemin de fer, le 38ᵉ de ligne. Je connaissais
les officiers de ce régiment qui était un des
quatre régiments rentrés en France les derniers,

et qui avaient leur drapeau et leur musique ; ils me demandèrent ce qui se passait ; je leur appris l'arrivée des Allemands à Pontarlier, et la probabilité qu'ils avaient d'être bientôt attaqués à leur tour. Pendant ce temps, les canons du fort de Joux tiraient sur les Allemands. M. Bassignot s'était garé dans une maison, et avait pu éviter la bagarre ; il prit aux Verrières le chemin de fer pour Genève, où nous nous donnâmes rendez-vous, mon intention étant de m'y rendre à pied, pour voir le pays : un officier d'administration m'accompagna.

Bien entendu, nos bagages, nos chevaux, nos ordonnances furent pris par les Allemands. Si nous fûmes lésés dans nos intérêts, nos consciences nous récompensèrent d'avoir accompli notre devoir jusqu'à la dernière minute.

J'arrivai le soir à Fleurier, où nous fûmes reçus par M. et Mme Montandon, deux vieillards descendant d'une famille française, émigrée lors de la révocation de l'Édit de Nantes. Ils me dirent que les habitants de Fleurier étaient étonnés que tant de chevaux de l'armée française aient défilé sans laisser un seul crottin sur la route. Les chevaux n'avaient guère eu le temps ni la possibilité de manger. Cependant tout le matériel de l'artillerie fut sauvé. En route, je fus insulté par un soldat du train ivre ; je le saisis à la gorge, et le poussai au bord d'un précipice, plein de neige, où il fut tombé si j'avais desserré les doigts. Je lui criai : « Demande pardon », ce qu'il fit. Je le remis d'aplomb et continuai ma route, pendant qu'il recommençait ses invectives. *O tempora !*

Le lendemain nous gagnâmes le Val de Travers, et nous arrivâmes le troisième jour à Genève, émus de l'attitude de la population qui, dans tous les centres, se tenait devant les maisons, en offrant tous les réconfortants possibles. Quelle tristesse quand je pensais à nos entrées triomphales de Milan et de Mexico !

Je retrouvai M. Bassignot à Genève où il pouvait enfin prendre du repos. Nous allâmes nous mettre à la disposition du Gouvernement Suisse qui nous dit qu'étant attachés à des ambulances, neutralisées par la convention de Genève, nous pouvions rentrer en France. Nous avions, il est vrai, nos brassards réglementaires que nous mîmes pour la première fois, en entrant en Suisse ; c'est ce qui nous avait permis de rester libres et de marcher à notre guise.

Ainsi se termina pour nous cette malheureuse campagne, où sombrèrent les derniers espoirs de la France. J'appris que le colonel

Chaulan était mort; je regrettai beaucoup cet excellent homme qui m'avait porté tant d'intérêt.

M. Bassignot rejoignit sa famille à Lyon. C'est avec attendrissement que je dis adieu à ce brillant chef que je ne devais revoir qu'une fois avant sa mort prématurée.

Je passai au Blanc, où se trouvait ma mère, puis j'allai à Bordeaux me mettre à la disposition du Gouvernement. Je disais comme Bias : *omnia mecum porto,* et je le dis à M. Panafieu, chef des services administratifs au Ministère, en le priant de me donner une destination. Il me félicita d'arriver si vite ; « Vous êtes le premier, me dit-il ; vous recevrez bientôt mes instructions. » Quelques jours après, j'étais désigné pour Constantine, où les fonctionnaires de l'Intendance faisaient défaut, et où je devais me rendre immédiatement.

J'avais à Bordeaux une tante qui me donna l'hospitalité. A un dîner, auquel assistait M. Duvergier, ancien ministre de la Justice sous l'Empire, on me demanda mon opinion sur Gambetta. Je me contentai de répondre : « Si nous avions réussi, il n'y aurait pas assez de bronze en France pour lui élever des statues. » Il n'eut tenu qu'à moi de me faire décorer à Bordeaux : je jugeai encore que le moment était inopportun. En wagon, j'avais entendu cependant un officier dire à son camarade : « Je vais à Bordeaux pour me faire décorer. » Je trouvai ces paroles cyniques dans un pareil moment.

Je repartis encore comme Bias, et j'arrivai à Constantine le 26 février.

CHAPITRE VII

Retour en Algérie
Constantine.— Insurrection de la Kabylie.

J'allai me présenter au Directeur de l'Intendance qui était M. Zaccone, sous-intendant
militaire de 1ʳᵉ classe, entré dans l'intendance,
étant lieutenant-colonel d'infanterie. Son bagage
administratif était fort restreint, et le véritable
directeur était M. Roggero, officier d'administration principal, homme aigri, fielleux,
ambitieux maladif qui, profitant de ces moments
troublés, réclamait hautement pour lui le grade
de sous-intendant militaire de 2ᵉ classe, alors
qu'il bafouait, dans le journal l'*Indépendant
de Constantine,* le corps de l'Intendance, qu'il
appelait jésuitico-monarchique. Il trouvait grâce,
bien entendu, pour le seul M. Zaccone qu'il
flagornait, et celui-ci trouvait tout cela très
bien. Ils reçurent ultérieurement la récompense
qui leur était due, quand M. Cayol, intendant
militaire, arriva et que nous l'eûmes mis au
courant de cet état de choses. M. Zaccone prit

sa retraite sans être nommé intendant, et M. Roggero fut renvoyé de Constantine en disgrâce.

Ayant exposé à M. Zaccone ma pénurie à la suite de la perte de mes bagages, il me dit que cela n'avait pas d'importance, et que je devrais partir le surlendemain pour me rendre dans un camp d'observation. « Vous vous ferez habiller en rentrant, me dit-il, vous toucherez une grande tente et deux cantines au campement ; on vous donnera deux mulets pour les porter, un cheval de selle du train, et un brigadier pour vous accompagner. » Je partis donc le 28, après avoir mis dans mes cantines un peu de linge et deux couvertures de campement, et j'arrivai le soir dans un camp occupé par les francs-tireurs de Constantine et les miliciens de Philippeville. Le commandant du camp était un boucher de Constantine ; le capitaine des franc-tireurs était maître d'armes ; toutes les professions étaient représentées par ces braves gens, déguisés en soldats. De l'armée, il n'y avait qu'un sergent et deux soldats d'administration dans cette colonne expéditionnaire ; car elle s'intitulait ainsi, bien qu'elle n'eut été envoyée à Mechta-el-Nard, dont le camp avait pris le nom, que pour protéger les convois et surveiller les approvisionnements que l'Intendant devait concentrer dans ce camp, si la révolte des tribus prenait de l'extension, quelques tribus s'étant révoltées dans le cercle d'el-Miliah ; le général Pouget, avec un escadron de chasseurs d'Afrique, deux compagnies de tirailleurs algériens et quatre pièces de montagne, livra combat à la tribu des Oued-Aïdoun qui eurent huit hommes tués et six blessés, alors que nos troupes restèrent indemnes. Le lendemain, tous les douars venaient faire leur soumission, et tout était terminé. Voilà ce qu'on m'apprit.

Comme M. Zaccone ne m'avait donné aucune instruction, je demandai au commandant ce que j'aurais à faire. « Rien, me répondit-il ; mais vous vivrez avec l'Etat-major, et nous ferons en sorte que vous ne vous ennuyiez pas trop. » Le fait est que, pendant trois semaines, mon rôle se borna à boire, à manger et à assister aux concerts et aux comédies que ces pseudo-militaires improvisaient. Quant à dormir, je n'étais pas mieux nanti qu'à l'armée de l'Est ; je couchais, dans ma grande tente, sur des sacs d'orge, enveloppé dans mes deux couvertures : les nuits étaient froides encore. Mon rôle se bornait à regarder le sergent d'administration faire les distributions. Je n'ai jamais pardonné à M. Zaccone de m'avoir mis dans une position aussi ridicule, et je lui battis un froid carabiné dont il se plaignit à M. Taquin, sous -intendant devenu intendant, auquel je déclarai que M. Zaccone n'aurait jamais ma visite.

Quand on rentra à Constantine, chacun reprit sa profession, et j'étais continuellement en butte à l'amabilité de tous les négociants et employés qui m'avaient connu à Mechta-el-Nar. J'étais devenu très populaire à Constantine ; trop ! Il me fallut assister au banquet donné pour fêter les exploits de la colonne expéditionnaire, et on voulut me faire chanter ; il fallut bien m'exécuter.

Je pus enfin me faire habiller en sous-intendant, et quitter ma défroque de zouave qui était affreusement usagée, ainsi que ma fameuse paire de bottines qui était encore le mieux conservé de mes effets.

Je pris la direction de la 3ᵉ sous-intendance ; M. Taquin avait la 1ʳᵉ et la 2ᵉ était dévolue à un commissaire de marine, M. Leclos.

Je quittai Constantine le 21 juin pour me rendre par mer à Bougie où je devais être le sous-intendant d'une colonne expéditionnaire, destinée à débloquer la ville, et à pacifier la Kabylie qui s'était insurgée à l'instigation du fameux bach-aga Mokrani. Je partis sans archives, sans matériel et sans personnel ; on n'avait rien à me donner. Je m'abouchai avec le sous-intendant de Bougie pour en obtenir les imprimés et les barêmes nécessaires. Je dus tout organiser seul, sans officier d'administration et sans commis. Pendant les dix mois qu'a duré la colonne, j'ai fait moi-même la correspondance, expédition et minute, j'ai établi toute la comptabilité, j'ai apuré les comptes trimestriels de l'ambulance et des subsistances, tout ordonnancé ; je collais les bandes et mettais les adresses. Je devais aussi viser et enregistrer les versements faits à la caisse du payeur, comme remboursements au trésor et comme contributions de guerre, lesquelles dépassèrent deux millions de francs. Ce qui donnait un surcroit de besogne, c'est qu'il y avait le budget ordinaire, le budget extraordinaire, le budget des communes subdivisionnaires, et qu'il y avait plus de vingt corps ou détachements.

Et je devais faire tout mon travail sous la tente, l'été dans la vallée du Sahel, où la chaleur était formidable, m'entourant la tête de serviettes mouillées pour éviter les insolations ; l'hiver, dans les montagnes du bou-Taleb, à 1200 mètres d'altitude, en pleine neige !

Si encore le service des subsistances avait été bien organisé ! mais on avait envoyé, comme comptable, un jeune officier d'administration, nouvellement promu, sans aucune expérience, et d'une santé délicate. Comme il n'avait personne pour le seconder, j'étais continuellement obligé de l'aider, et, quand la colonne se scindait, je le remplaçais.

Seul, le service des ambulances a été bien organisé, et c'était le principal : la vie des hommes avant tout.

Cette expédition ignorée, sans notoriété, a été aussi et souvent plus pénible pour nos services que celles qui eurent lieu au Tonkin, en Tunisie et à Madagascar, où tout était organisé d'avance, et facilité par la marine qui apportait tout ce qui était nécessaire, et où l'on n'avait plus la Direction du service hospitalier, qui nous avait donné tant de tablature. Elles ont toutes rapporté de fortes récompenses à ceux qui les ont faites ; j'ai connu un fonctionnaire qui obtint un choix de 26 rangs pour avoir apporté des vivres à la colonne qui débarqua la première en Tunisie ! Quant à moi, proposé deux fois pour chevalier, je n'ai pas été promu, parce que le général de Lacroix, commandant la division de Constantine, avait cru bon de se mettre à la tête d'une colonne qu'il emmena dans le Sud, et qu'il réservait toutes les récompenses aux siens, sans s'occuper des autres. Agacé par les criailleries de la population de Constantine, qui était surexcitée par la Commune

de Paris, il avait préféré s'y soustraire de cette
manière, alors que, à tous les points de vue, il
eut dû rester au centre de son commandement.
De plus, cette colonne était une superfétation ;
ce furent des fatigues et des dépenses inutiles.
Voilà ce qu'engendrent l'égoïsme et le manque
de courage civique.

Après cette longue disgression, j'en reviens
à la formation de la colonne, composée des
9ᵉ et 10ᵉ provisoires : je n'énumèrerai pas les
petits corps et détachements. Ces deux régiments
étaient intégralement composés d'officiers et de
soldats revenant d'Allemagne ; un grand nombre
venaient de la garde impériale : c'était donc
deux superbes régiments. L'effectif de la colonne
au 7 juillet était de :

> 140 officiers,
> 5176 hommes de troupe,
> 217 chevaux,
> 278 mulets.

Plus 500 mulets arabes, requis comme contribution
.de guerre.

La colonne avait commencé par débloquer
Bougie qui avait été serrée de près par les
tribus insurgées. J'assistai, avec une lunette
marine, du haut du rempart, je ne dirai pas au
combat, car il n'y en eut pas, mais à la démons-
tration imposante qui eut lieu. Les canons des

remparts tiraient, bien inutilement du reste ; un cuirassé envoyait sur les villages les gros obus qu'on voyait éclater ; les arabes fuyaient de tous côtés. L'infanterie ne trouva aucune résistance, brûla les villages et rentra harrassée : un officier mourut d'insolation. Voilà le bilan de la journée.

La colonne se mit en route le 8 juillet pour aller camper à l'Oued Rhir, à Tiklatt. Le convoi portait 80.000 rations, quantité maintenue à hauteur au moyen de convois de ravitaillement armés allant au devant des denrées envoyées à mi-chemin. Avant de quitter Bougie, j'avais fait fabriquer huit petits pétrins, afin de faire du pain pour les officiers et les malades, quand il ne nous en parviendrait plus : j'avais trente mulets chargés de farine. J'ai pu ainsi, pendant les mois d'août et de septembre, fournir du pain à ces parties prenantes ; je ne pouvais faire davantage. C'était déjà un succès d'arriver à ce qu'aucun officier ni malade n'ait mangé de biscuit.

Je ne veux pas faire l'itinéraire de la colonne; je me contenterai de copier sur mon registre de correspondance des faits saillants dont je rendais compte à l'intendant de Constantine.

24 juillet. — « Le 9ᵉ provisoire est parti pour la province d'Alger ; la colonne est commandée par le colonel Thibaudin. L'état sanitaire devient

déplorable ;. en ce moment, il y a 275 malades à l'ambulance. Depuis le 8, il y est entré environ 450 malades. Les décès commencent. Nous avons établi à Tiklatt une ambulance pouvant traiter 250 malades : c'est pour aider Bougie. Néanmoins, nous serons forcés d'évacuer le surplus de 200 malades. »

Je faisais faire des cercueils avec les caisses à biscuit vides.

Ainsi, au bout de quinze jours, voilà quel était l'état sanitaire ! C'était un spectacle navrant que celui de ces hommes anémiés par la captivité, venir affronter, en plein été, dans une vallée malsaine, le climat de l'Algérie, n'ayant que des vêtements en drap.

Je commençais moi-même à sentir les prodrômes de la fièvre ; mais j'y coupai court, en prenant un gramme de quinine, pendant quatre jours de suite. Pendant les dix mois d'expédition, je ne ressentis aucun malaise.

Après avoir envoyé à Bougie tous les malades sérieux, nous allâmes camper dans les bois d'olivier, appartenant à Ben Ali Chérif, bach-aga de Chellata, grand chef religieux, dont l'attitude avait été douteuse pendant l'insurrection ; il parvint à se disculper. C'était un homme fort distingué, ayant habité Paris, parlant purement notre langue, et sans préjugés. En France, il s'habillait et vivait à la française ; mais, dans son azib, il ne transigeait jamais avec le Coran. Dans son bordj d'Akbou, où je cherchais un four pour faire fabriquer du pain, je trouvai une caisse d'eau de Vichy. Interrogé par moi, Ben Ali Chérif me dit qu'elle était sa propriété, et il l'envoya à notre popote, où elle fut bien reçue. Il envoyait chercher de la glace au Djurjura, et nous gratifiait des fameux couscous de grande tente. Il nous traitait en grand seigneur. Nous restâmes là huit jours, et la santé de la colonne s'améliora beaucoup.

Pendant deux mois, les hommes ne mangèrent que du biscuit ; ils avaient, en compensation, de la viande en abondance, grâce aux razzias. Avant de faire prendre en charge les bœufs et les moutons par le service des subsistances, j'en donnais quelques-uns aux corps de troupe, de façon à augmenter la ration réglementaire. Si ce n'était pas régulier, c'était humain, et les règles doivent plier devant les circonstances critiques.

Je formai le convoi arabe en pelotons, commandés chacun par un bach-amar et deux sous-bach-amars. J'avais toujours près de moi le bach-amar en chef que j'avais recruté à Bougie, et qui ne me quitta pas pendant la durée de l'expédition : c'est lui qui transmettait mes ordres. Quatre pelotons étaient chargés de biscuit, et, à l'étape, formaient les quatre faces d'un carré, dénommé biscuit-ville ; les autres pelotons portaient les vivres de campagne, les liquides et l'orge qu'on plaçait au centre du carré. Tous ces mouvements étaient exécutés avec ordre et rapidité ; j'étais arrivé à faire manœuvrer ces arabes comme un régiment de cavalerie. Ils étaient très disciplinés et respectueux. Cela ne les empêchait pas de voler le plus possible des denrées, surtout du biscuit, quand les caisses se déclouaient, et ils y aidaient en les déposant brusquement. Je rendis les bach-amars responsables, soit en les privant de leur salaire, soit en les remettant dans le rang, ce qui leur était le plus sensible. Ils touchaient respectivement 4 et 3 francs par jour. Les muletiers recevaient une ration de biscuit et d'orge ; ils ne furent payés qu'à partir du mois de septembre, à raison de 2 francs par jour. Ils devinrent alors pécuniairement responsables des manquants : ils préféraient alors qu'on leur retint la ration de biscuit. L'arabe est né voleur : c'est dans le sang.

Nous quittâmes Akbou le 10 août, et nous nous dirigeâmes vers la Medjana. En quittant Boni, on brûla quelques villages insoumis. Nous arrivâmes le 25 août à Bordj-Medjana, qui était presque complètement détruit par les insurgés.

Nous nous ravitaillâmes désormais à Sétif, par
·Bordj-bou-Aréridj.

Le 4 septembre, j'écrivis à l'Intendant :
« L'état sanitaire devient moins bon ; les.
maladies prennent un caractère grave, fièvres
typhoïdes, dysenteries aigües, etc. Nous venons
d'avoir 5 décès, dont 1 capitaine. J'ai évacué 36
malades ; il en reste 104 à l'ambulance. »

Le 6 septembre : « Il y a eu, à la corvée de
paille qui n'était pas accompagnée, 3 hommes
tués, 5 blessés, 1 disparu, 126 mulets arabes
pris, plus une douzaine de l'artillerie et du
train. »

Le 15 septembre : « 104 malades évacués ;
il en reste 82 à l'ambulance. Les hussards ne
peuvent pas mettre 80 hommes à cheval. »

Le 28 septembre, nous allâmes à Bordj-bou-
Aréridj ; la colonne fut désormais ravitaillée en
pain.

Ecrit le 3 octobre : « Nous avons 161 malades
à l'ambulance ; j'en évacuerai par le prochain
convoi. Il y a dans la colonne plus de 200
malades, dont plusieurs officiers. »

Le 21 octobre : « Nous sommes au milieu
des tribus des Ayade et autres qui se rendent à
merci. Après-demain, on évacuera sur Sétif
142 malades, plus 10 officiers. Le bordj est,
depuis le siège, un vrai foyer d'infection.

Beaucoup d'infirmiers et de soldats d'administration ont été évacués ; il reste 33 infirmiers sur 51 et 12 ouvriers sur 19 qui existaient au début. »

A Bordj-bou-Aréridj, il ne restait que des ruines ; le réduit seul avait résisté aux assauts des insurgés. C'était navrant.

On peut juger des souffrances qu'a éprouvées la colonne pendant ces quatre mois d'expédition. A partir de la fin d'octobre, la température modifia l'état sanitaire ; puis, les hommes restants étaient déjà bronzés.

Ecrit le 16 novembre : « Nous n'avons plus de mulets payés : ceux du train et de l'artillerie suffisent pour les ravitaillements qui ont lieu tous les trois jours. Quand nous changeons de camp, nous réquisitionnons les mulets arabes nécessaires que nous renvoyons ensuite. »

29 novembre : « J'ai passé la revue des effets du 10ᵉ provisoire, du 81ᵉ de ligne et de l'artillerie. Au 10ᵉ, sur un effectif de 1800 hommes, j'ai dû réformer 704 capotes, 1327 pantalons, 809 képis. Réflexions sur la mauvaise confection et les causes d'usure des capotes, surtout des pantalons. »

Le 10 décembre, le colonel Thibaudin quitta la colonne à l'effet de passer devant un Conseil d'enquête, pour avoir violé sa parole, en s'échappant clandestinement de Mayence, après avoir donné sa parole d'honneur de ne pas s'évader. Après ce bel exploit, il était venu trouver Gambetta qui le nomma général, au titre auxiliaire. Comme il craignait d'être fusillé s'il tombait aux mains des Prussiens, il jugea prudent de changer de nom, et servit sous le nom de général Commagny à l'armée de l'Est, où il commanda une division du 24ᵉ corps, et où son rôle fut très critiqué, lors de l'abandon des défilés du Lomont. Il battit précipitamment en retraite sur Pontarlier de son autorité privée, en enfreignant les ordres reçus.

Devant le Conseil d'enquête, il plaida non coupable, en invoquant l'indignation qu'il avait éprouvée, en apprenant les exactions et les crimes commis par les Allemands en France : une pareille conduite, indigne d'un peuple civilisé, le dégageait de tout serment. Nous connaissions déjà cette thèse qu'il nous avait exposée. En fait, il fut acquitté, en ce sens qu'il ne fut pas mis en réforme ; mais il fut placé en non activité. J'ai toujours cru qu'il était de bonne foi, en invoquant les raisons qui avaient motivé sa fuite ; car, il faut bien le dire, il manquait de dignité, de jugement et de sens moral, bien qu'il fût très intelligent et instruit. Il était surtout extraordinairement passionné et violent.

Il avait amené de Cambrai une femme, ni jeune ni jolie, son amie, dont il avait fait la cantinière du 10ᵐᵉ provisoire. Le colonel Thibaudin allait la trouver la nuit, revêtu d'un burnous arabe. Il fut reconnu une fois par un loustic qui, faisant semblant de ne pas le reconnaître, s'écria : « Qu'est-ce qu'il vient faire ici, ce sale arbicot ? » Le colonel se garda bien de répondre ; mais cela s'ébruita, et l'on en fit des gorges chaudes. Un jour, la cantinière vint me demander du pain ; je la fis causer, en m'étonnant qu'elle s'adressât à moi, alors que le colonel la protégeait. Elle me dit : « C'est un jaloux et un ladre ; il ne me donne rien. »

Voilà pour la dignité ; car il fallait avoir un bien grand mépris des convenances pour avoir imposé cette femme à son régiment, il fallait aussi avoir le jugement oblitéré, en supposant que personne ne s'en scandaliserait.

D'autre part, son caractère, ses manières, ses paroles, tout dénotait une nature dévoyée. Il présidait la table, composée des chefs de service, chef d'Etat-major, sous-intendant, payeur, médecin-chef, chef du Génie ; nous étions stupéfaits, en l'entendant déblatérer contre les décorations qu'il trouvait absurdes, déclarer que la Commune de Paris avait bien sa raison d'être, traiter d'inique la condamnation à mort du capitaine Rossel, devenu colonel sous la Commune, sans parler des autres divagations journalières. C'était vraiment intolérable ; il sentait bien qu'il n'était ni aimé ni estimé, d'où ce paroxysme d'aigreur qui le faisait rompre en visière avec tous ceux qui lui semblaient des adversaires et des juges. En ce qui concerne Rossel, il est certain que la peine de mort eut dû être commuée, car il y avait des circonstances atténuantes en sa faveur.

Un jour, on arrêta vingt-huit arabes, qu'il considéra comme des insurgés ; peut-être bien l'étaient-ils. Il fallait alors les incarcérer. Le colonel trouva plus naturel d'en condamner lui-même quatorze à mort, en les jugeant d'après leur physionomie. Il en fit fusiller treize ; le dernier se sauva.

Un autre jour, un caïd vint faire sa soumission ; il le garda au camp, en lui disant qu'il marcherait le lendemain contre sa tribu, et que, s'il recevait un seul coup de fusil, il le ferait fusiller. Le caïd demanda vainement à faire au moins prévenir la tribu. Le lendemain, des coups de feu ayant été tirés sur nous, le colonel fit fusiller le caïd par ses sapeurs, et s'adjugea sa superbe jument : les soldats ne l'appelaient plus que la jument du crime. Il est probable qu'il en fut informé ; car il me fit venir, et me

13

dit qu'il voulait verser au trésor le prix de cette
jument qu'il estimait deux cent francs, ce qui
fut fait. Le colonel Thibaudin aurait dû vivre
à l'époque des dragonnades.

D'après tout cela, on peut juger de son sens
moral, et du sentiment de délivrance que chacun
éprouva quand il partit. Ah ! il était bien plat et
affaissé en ce moment, et aucune main ne
chercha la sienne. Vraiment, il me fit pitié. Il
avait toujours été parfait à mon égard. N'étant
jamais venu en Algérie, il m'écoutait volontiers,
et me donnait généralement raison. Il m'avait
proposé pour chevalier avec des notes élogieuses.
Je ne pus faire moins que de lui adresser un
adieu ému. J'avais bien tort de m'attendrir sur
son sort ; il avait séduit, étant beau parleur, le
général Farre, président du conseil d'enquête,
lequel, devenu ministre de la guerre, le nomma
directeur de l'infanterie. Il devint rapidement
général de brigade et général de division ; il
devint même ministre de la guerre, sous la
condition de chasser de l'armée les princes
d'Orléans, ce qu'il fit de bonne grâce ; mais il
fut remercié peu de temps après : on n'avait
plus besoin de lui, et il était compromettant.
Comprit-il qu'il s'était avili inutilement, puisqu'on ne lui en savait aucun gré ? J'en doute ;
car ce qui dominait chez lui, c'était, je crois,

l'inconscience. Il dût se croire persécuté pour ses opinions. Il fut remplacé par le lieutenant-colonel Delloye, du 10ᵉ provisoire. Celui-ci était l'homme loyal, franc, bienveillant par excellence. Superbe militaire, plein de cœur et d'entrain. A Metz, il était chef de bataillon aux grenadiers de la garde. Que de fois, en parlant de la bataille de Saint-Privat, et de l'inaction de la garde impériale, s'écria-t-il, en frappant la table du poing : « Dire que ce coquin a tenu ce jour-là le sort de la France entre les mains ! » Je n'avais pas besoin du procès de Trianon pour connaître le rôle néfaste de Bazaine ; à force d'entendre raconter les péripéties du siège de Metz, il me semblait quelquefois que j'y avais assisté.

Le 20 décembre, nous reçûmes l'avis que le 9ᵉ provisoire, commandé par le colonel Ponsard, revenant de la province d'Alger, allait rallier notre colonne. Je me demandais par quelle aberration on faisait faire un pareil chemin, en cette saison, à ce régiment, alors que sa présence était absolument inutile : fatigues imposées, argent dépensé en pure perte. M. Cayol, mon intendant, m'ayant offert de me faire remplacer, je lui répondis : « Je dois vous déclarer que je ne suis pas fatigué, et que je n'ai nul besoin de repos. Je ne voudrais jamais, à moins de cas de force majeure, demander à quitter une colonne ou un poste, où ma présence peut être utile.» Il me félicita de ma détermination qui lui facilitait la répartition des services, et me dit qu'à mon retour à Constantine, il pourrait me conserver dans cette place, ou m'envoyer dans un des postes du littoral, à ma convenance.

Nous quittâmes Bordj-bou-Arreridj le 6 janvier 1872, pour nous transporter à el Hammam, où la fusion des deux colonnes s'opéra, sous le commandement du colonel Ponsard. Les 5.000 hommes du début se trouvaient réduits à 3.000 environ.

Le colonel Ponsard était un homme d'esprit caustique, fin, mais pointilleux, méticuleux, méfiant. Il souffrait de l'estomac, ce qui rendait son caractère facilement irritable. Il était très impatient d'être nommé général, et n'aurait pas voulu revenir en France sans les étoiles ; aussi s'ingénia-t-il à faire durer jusqu'en mai la colonne qui aurait dû normalement être dissoute longtemps auparavant.

Le général de Lacroix, commandant la division, qui opérait pour son compte dans le Sud, ne s'occupait pas de nous, et laissait faire ; il fallait bien justifier son absence, en laissant croire que les colonnes étaient toujours utiles. S'il fallait maintenir quelques forces dans le pays, un bataillon eut largement suffit.

Nous restâmes trois mois campés dans la neige, sur ces hauteurs où l'hiver est très rude. Le 21 janvier, un ouragan enleva toutes les tentes pendant la nuit ; il tombait de la neige fondue, le camp était dans la boue. Tous les papiers du payeur s'envolaient. Comme, pendant l'été, je m'étais trouvé en plein air, ma tente enlevée, pendant un orage, je me méfiais, et j'étais debout dès que l'ouragan commença, de sorte que je pus porter secours à notre brave payeur, excellent homme, déjà âgé, qui fut décoré après sa rentrée à Constantine.

Nous eûmes beaucoup de difficultés pour ravitailler la colonne en viande. A la date du 25 janvier, j'écrivais à l'intendant : « Cette fourniture est difficile à faire, dans les conditions où nous nous trouvons, au milieu d'un pays qui n'offre pas de ressources en gros bétail, et à cause des mauvais temps qui empêchent les troupeaux d'arriver. Puis, il faut beaucoup de viande pour une colonne de 3.000 hommes. D'un autre côté, on ne peut pas faire de grands approvisionnements, vu qu'il n'y a aucun paturage dans un rayon fort étendu. La situation peut devenir un jour délicate, pendant cette saison, au milieu de montagnes où les ouragans imprévus peuvent arrêter la circulation, faire périr les troupeaux, où l'on ne peut surexciter nulle concurrence, ni trouver quoi que ce soit pour parer aux éventualités fâcheuses. »

Je poussais le colonel Ponsard à faire battre le pays par le chef du bureau arabe, pour razzier bœufs et moutons : ce dernier déclarait qu'il n'y avait plus rien dans les tribus. Et quand je disais au colonel Ponsard que notre situation pouvait devenir dangereuse, il me répondait : « Je compte sur vous. » Il était de cette école qui rendait responsable l'intendance de l'exécution des services administratifs, sans lui donner la possibilité d'agir, et, quand le service allait mal, disait : C'est la faute de l'intendance.

Heureusement, je m'étais abouché avec un homme très intelligent et entreprenant de Sétif, nommé Gautier. Je lui avais dit de m'envoyer des bœufs, par n'importe quel temps, m'engageant à les faire tous payer, quel que fût le nombre d'animaux manquants, exigeant seulement un certificat de la municipalité certifiant que tant de bœufs étaient mis en route, avec leur poids approximatif. Je ne passai aucun marché ; ce fut une convention verbale. C'était un débrouillard et un honnête homme, enchanté, au demeurant, d'une pareille aubaine. Il ne chercha pas à abuser de la situation, et ses prix furent très raisonnables. Le comptable établissait immédia-

tement les récépissés comptables, et le payeur
lui délivrait de même une traite sur le trésor de
Sétif. Ce fournisseur est devenu sous-préfet de
Sétif : il a dû être un excellent administrateur.

Un jour seulement, à la suite d'ouragans de
neige qui durèrent plusieurs jours, le troupeau
n'arriva pas au jour dit, et il n'y avait plus de
viande à distribuer. Le colonel Ponsard me
disait : « Nous allons mourir de faim. »—« A qui
la faute, répondis-je ; on ne laisse pas une
colonne dans cette situation, loin de tout centre
de ravitaillement. Mais rassurez-vous, les bœufs
vont arriver. » Le colonel, avec sa lorgnette, ne
cessait d'interroger l'horizon. A midi, un
premier bœuf se profila, et le reste du troupeau
suivit ; il nous arrivait quatre vingt-treize bœufs,
sept étaient restés en route ; ils avaient marché
pendant trois jours au milieu de rafales de
neige : mon fournisseur, comme les toucheurs
et les animaux, étaient exténués. La viande ne
fut pas succulente ; mais on vécut. Le colonel
était rayonnant et me félicitait : je l'envoyais,
in petto, au diable avec sa stupidité de faire
durer cette expédition par pure ambition
personnelle, sans se soucier de la santé morale
des troupes qui souffraient de cette inaction
torpide, et sans considérer le surcroît de dépenses
imposé au trésor. Il est vrai que les contributions

de guerre, payées par les insurgés, les ont couvertes ; mais l'argent eut pu être mieux employé et moins gaspillé.

Le pain nous arrivait souvent mouillé ; la troupe le préférait cependant tel quel au biscuit. Un jour, un capitaine ne refusa-t-il pas le pain mouillé : il se croyait en garnison. Le colonel l'apprit, et l'invectiva : il lui fit donner du biscuit. Il y a vraiment des gens cocasses. Comme ce capitaine qui, après le passage à gué de l'oued Bou-Sellam, voulut me faire signer un procès-verbal de pertes de la moitié de ses ustensiles de campement, qu'il avait soi-disant perdus pendant le passage. J'eus beaucoup de peine à lui faire comprendre que la perte de tant d'ustensiles pouvait lui être imputée comme négligence, et lui faire du tort. Je connaissais toutes les carottes, et si j'en acceptais quelquefois, c'était quand l'intérêt de la troupe l'exigeait.

Nous partîmes enfin le 2 avril, pour revenir à Bougie par la vallée du Sahel ; le 10ᵉ provisoire fut dirigé sur Sétif. Nous arrivâmes à Bougie le 27 avril, et la colonne fut dissoute. Beaucoup d'officiers vinrent me serrer la main, en me remerciant de mes efforts pour améliorer la situation de la troupe pendant l'expédition : j'en fus très touché.

Le colonel Ponsard m'avait proposé pour chevalier avec les notes suivantes : « Fonctionnaire actif et entendu, travaillant beaucoup, et tenant parfaitement en main la direction de tous les services administratifs qui n'ont cessé de bien fonctionner dans les colonnes de Bougie, de la Medjana et de la Kabylie en 1871 et 1872.

« Compte de nombreuses campagnes en Afrique, en Italie, au Mexique et contre l'Allemagne.

« Eminemment propre aux fonctions de sous-intendant dans les colonnes. Il a déjà été présenté à la colonne de la Medjana. »

Quelque temps après ma rentrée à Constantine, j'assistai en amateur à une revue qui fut passée pour la remise des décorations : on m'avait oublié. J'étais furieux et écœuré.

Quand j'eus remis tous mes comptes, je demandai un congé, et en partant, je remerciai mon intendant de sa bienveillance, et lui déclarai que je ne reviendrais pas, ne voulant plus servir sous les ordres d'un général de ce calibre. J'étais révolté de son égoïsme et de son injustice, et très humilié de revenir en France sans le ruban rouge, après deux ans de guerre et d'expéditions ! Je lui écrivis, en partant, une lettre très vive, dans laquelle je me plaignais de ses procédés ; j'appris, par son chef d'état-major, que ma lettre l'avait fort irrité. En tout cas, il ne riposta pas, ce qui me donnait absolument raison. Qu'aurait-il pu répondre, tout ce que je lui disais étant absolument vrai ? Triste époque !

II

Alger — Médéa — Aumale — Rentrée en France

Je demandai au ministre d'être envoyé dans la province d'Alger où j'avais beaucoup de relations ; puis, le séjour d'Alger était pour moi l'idéal à cette époque : ma demande fut agréée. Mais le plaisir que j'éprouvai en arrivant fut vite tempéré par la réception inqualifiable que me fit l'intendant, nommé Lévy. C'est bien le personnage le plus désagréable que j'ai connu dans ma carrière, et cependant j'en ai rencontré beaucoup qui n'étaient pas aimables. Il venait de Sedan, après avoir signé l'engagement de ne pas reprendre du service pendant la guerre : c'est ce qu'on appelait signer le revers. Ceux qui s'étaient mis dans ce cas étaient appelés capitulards, et c'est le mot qu'il entendait sans cesse sur son passage. Il sentait la réprobation autour de lui, ce qui avait encore aigri son caractère qui était déjà détestable. Il était cassant, insolent avec ses subordonnés qu'il cherchait toujours à humilier : on eut dit que le Ghetto voulait par lui prendre sa revanche sur les chrétiens. En un mot, il était insupportable, et je fus mis en garde contre lui, dès mon arrivée.

Je ne m'attendais donc pas à une réception chaleureuse ; mais elle dépassa les bornes permises. D'abord, il ne me fit pas asseoir, et il s'écria d'un ton hargneux : « J'ai demandé des sous-intendants au ministre ; je n'ai pas besoin d'adjoint. Et puis, vous ne devez rien savoir ; ce n'est pas en campagne qu'on apprend, mais dans les bureaux. Et si vous ne travaillez pas, je vous mettrai à la disposition du ministre. » Ensuite, il me congédia, en me disant que je recevrais ses instructions.

Je rentrai aussitôt chez moi, et je lui écrivis : « Vous vous êtes permis, sans me connaître, de me traiter d'incapable ; vous m'avez menacé de me mettre à la disposition du ministre. Je vous engage à le faire de suite ; car, après une pareille réception, je me sens absolument incapable de vous contenter, et vous êtes le dernier homme de la terre que je chercherais à attendrir. »

Il empocha ma lettre, et n'en souffla mot ; mais je racontai partout ce qui s'était passé entre nous, et je ne cessai de le tourner en ridicule. Mes anciens camarades du 1er zouaves, avec lesquels je vivais, me disaient en m'abordant : « Et votre Lévy, qu'est-ce que vous en faites ? » Ce n'était que gorges chaudes et lazzi à son endroit. Il s'était mis dans son tort : j'en abusai, et je fis tout mon possible pour lui être désagréable. La guerre dura trois ans, avec des alternatives de succès et de revers. J'aurais voulu que M. Lévy, qui savait tout par sa police hébraïque, me prît de nouveau à parti, de façon à me permettre d'adresser une réclamation en règle au commandement ; mais, comme tous les lâches, il ne s'attaquait qu'à ceux qu'il jugeait impuissants. Il comprit qu'il avait fait buisson creux à mon égard, et que j'étais capable de rendre coup pour coup. Le 1er janvier, j'arrivai chez lui le dernier, et je le saluai militairement, sans souffler mot ; il s'avança alors vers moi aussi aimablement qu'il pouvait le faire, mais je ne me déridai pas.

Un sous-intendant me dit : « Vous devez vous sentir bien protégé en haut lieu, pour prendre une pareille attitude vis-à-vis du chef. » Je lui répondis que je ne connaissais personne ; mais que je ne me laissais insulter par qui que ce soit, et sans m'inquiéter des risques. Puis, je venais d'être tellement surexcité par tous les

événements écoulés depuis 1870, et j'étais si
dérouté d'avoir reçu des reproches, au lieu des
éloges que je me sentais mériter après tout ce
que j'avais fait en campagne, que je ne
décolérais pas. Après de Lacroix, Lévy ! c'était
trop.

J'étais heureusement adjoint à un sous-
intendant aimable et pondéré, M. Garric, qui est
devenu intendant : il me rendit la vie agréable,
et l'hiver se passa sans incident.

Au mois d'avril 1873, je f:s envoyé à Médéa
pour remplacer le sous-intendant, allant en
permission. Je fus nommé le 19 de ce mois sous-
intendant de 3ᵉ classe : je devenais officier
supérieur, avant d'atteindre trente-quatre ans.
La prédiction du colonel Chaulan se réalisait, et
j'avais dépassé tous mes camarades. Seulement,
mes démêlés avec l'intendant Lévy ne me
faisaient pas voir l'intendance du bon côté, et il
m'arriva souvent de regretter l'épaulette ; je
serais arrivé moins vite aux quatre galons,
mais j'aurais eu une carrière plus brillante, et
meilleure selon mes goûts.

Je trouvai à Médéa le 50ᵉ de ligne, qui était
commandé par le prince de la Tour d'Auvergne.
Ce n'était, dans le régiment, que parties de
plaisirs continuelles, bals, soirées, pique-niques,
chasses. Avec cela, des flirts accentués ; on se

rattrapait ferme des privations de la guerre : le Directoire en raccourci. Un jour, en revenant d'une partie fine, la femme du lieutenant-colonel tomba de voiture et se tua : cela jeta un froid.

J'assistai un jour à une scène tragi-comique. Le général de Loverdo commandait la subdivision de Médéa..Il y avait à Alger un colonel d'état-major, nommé Fourchaux, qui, lui aussi, avait violé sa parole, en s'échappant d'Allemagne. Comme pour Dupin au Mexique, on ne savait comment l'employer ; mais il avait moins de brio et de finesse. Il était mauvais coucheur, furieux de ne pas être général.

Il se rattrapait sur la politique, et voulait devenir conseiller général ; il faisait de la propagande populacière. Il vint à Médéa, pour soigner sa candidature : un ancien adjudant de spahis était son homme-lige. Il venait aussi demander au général de Loverdo, son ancien camarade du corps d'état-major, de ne pas sévir contre un de ses neveux, officier au bureau arabe de Djelfa. Il faut croire que la discussion s'envenima ; car, me trouvant à la subdivision, je vis le général reconduire jusqu'à la porte le colonel qui parlait très haut. Sur une répartie probablement trop vive, le général s'écria : « Colonel, vous allez vous rendre en prison »,

et il appela le capitaine de Lassone, son aide
de camp, pour l'y conduire. En marchant,
l'oreille basse, le colonel dit à ce dernier : « Cela
doit vous faire de la peine d'accomplir une
pareille mission. » — « Pas du tout » risposta
M. de Lassonne qui le détestait : c'est lui qui
me le raconta. Le colonel coucha bel et bien
en prison, et fut reconduit le lendemain matin,
en voiture, hors des limites de la subdivision,
escorté par un capitaine adjudant-major de
spahis. Je n'ai pas su si l'affaire avait eu d'autres
suites ; en tout cas, elle n'était pas banale.

Quand je rentrai à Alger, mon aimable chef,
qui ne m'avait pas félicité lors de ma promotion,
trouva moyen de me brimer, en me mettant
sous les ordres d'un collègue qui dirigeait les
3ᵉ et 4ᵉ sous-intendances, alors qu'il eût dû me
nommer titulaire de la 4ᵉ. Il allégua que ce
n'était que temporaire, parce qu'il comptait
m'envoyer à Aumale. Cela dura quatre mois, et
ma position était absolument anormale et fausse.
Aussi, quand vint l'inspection générale, qui fut
passée par l'intendant général Bouché, je me
décidai à protester, et je racontai à M. Bouché
ce qui s'était passé entre M. Lévy et moi.
M. Bouché avait été l'intendant en chef de
l'armée de la Loire, et connaissait beaucoup
M. Bassignot. D'autre part, M. Lévy avait

manqué de tact envers lui dans une affaire personnelle. Lui aussi, avait débuté comme soldat, et ce fut un trait d'union entre nous : je tombais bien.

M. Bouché me dit : « Prenez patience, et n'ajoutez pas d'importance à ce que M. Lévy pourra faire et dire. Il s'en ira, et vous avez l'avenir devant vous. Quant à moi, je vous donnerai de très bonnes notes. Venez déjeuner avec moi demain matin à l'hôtel d'Orient. » C'est à cet hôtel que M. Lévy, célibataire, prenait ses repas. M. Bouché m'avait invité seul, et il nous plaça à une table assez voisine de celle de M. Lévy. Pendant le déjeuner, il me causa familièrement ; il devait s'embarquer ensuite. M. Lévy s'approcha pour lui adresser ses devoirs ; les adieux faits, M. Bouché me dit : « Pour vous, tout va bien ; vous pouvez être tranquille. » Mons Lévy ouvrait ses grands yeux glauques étonnés, en dessinant un rictus. Pour moi, je buvais du lait.

Je partis pour Aumale en septembre, et j'y restai vingt-deux mois, sans demander la moindre permission. C'était un grand village, sans distraction en dehors du cercle militaire. Je fis venir un piano d'Alger, et j'en jouai éperdûment, surtout pendant l'hiver, où les promenades sont peu attrayantes ; car les hivers sont rudes à cette altitude de 1.000 mètres. J'avais d'anciens camarades aux zouaves, aux tirailleurs et aux chasseurs d'Afrique, qui m'accompagnaient souvent le soir, en sortant du cercle. Dans mon salon, il n'y avait que le piano et son tabouret ; sur la cheminée, il y avait toujours de la bière et des liqueurs : on se servait comme on l'entendait, en devisant. Il m'arrivait quelquefois de me retirer, s'il était tard ; le dernier partant fermait la porte de la barraque ; car j'étais logé dans une barraque de l'Etat. Cette vieille armée, c'était une grande famille, surtout en Algérie, où je serais peut-être longtemps resté, si j'avais eu un chef bienveillant.

Le cercle d'Aumale était commandé par le lieutenant-colonel Trumelet qui se piquait de littérature : c'était un excellent homme, calme, laissant tout le monde tranquille.

Je retrouvai à l'hôpital militaire d'Aumale mon comptable de l'ambulance de Pontarlier. Le médecin–chef était M. Cochu, praticien distingué et charmant homme, qui depuis s'est pendu : étrange suicide pour un médecin qui n'avait que l'embarras des narcotiques.

Au mois de juin 1874, le cercle de Bousàada fut distrait de la province de Constantine, et réuni au cercle d'Aumale qui devint une

14

subdivision. Tous les chefs de service s'y rendirent, sous la conduite du colonel Trumelet. La route d'Aumale à Bousâada n'était plus fréquentée depuis longtemps, et les caravansérails étaient déserts. L'un d'eux, Aïn-Kermam, me rappela les terres chaudes du Mexique par la collection d'insectes de toutes sortes qui en avaient pris possession ; je préférai coucher à la belle étoile, et encore il fallait se méfier des vipères à cornes et des scorpions. Un arabe fut piqué par un scorpion ; le capitaine du génie le soigna, en lui ouvrant la plaie avec son canif, et en y versant de l'alcali. L'arabe criait comme si on l'avait écorché vif, ce qui donna un démenti à ceux qui vantent la stoïcité des Musulmans.

A notre arrivée à Bousâada, les goumiers firent parler la poudre dans une brillante fantasia, cependant que le chef de bataillon Pan-Lacroix, commandant le cercle, venait au devant de son chef ; on le surnommait Pan la gourde : drôle de surnom. Etait-il mérité ? Je pus enfin dîner et me reposer sous les palmiers de Bousâada, ce qui était pour l'Algérie ce que Carcassonne est pour la France, d'après le chansonnier Nadaud.

En 1875, les fièvres augmentèrent. A cette époque, la ville d'Aumale était très malsaine ;

il n'y avait pas d'égouts, et les vidanges de l'hôpital s'écoulaient dans un ruisseau qu'on avait dénommé l'Oued-Merda. Quand l'eau coulait, tout allait, pas bien certes, mais sans trop de puanteur ; mais, en été, il ne faisait pas bon être sous le vent : la ville était empoisonnée. Voilà le charmant pays où je passai près de deux ans de mon existence : deux ans à supprimer, et pendant lesquels je n'eus pas l'heur de recevoir la visite de M. Lévy qui n'osait pas s'y aventurer. Atteint moi-même par ces fièvres pestilentielles, je demandai à être relevé, et à être envoyé au besoin à Orléansville, poste redouté pour sa chaleur sénégalienne ; M. Lévy me répondit que j'étais bien à Aumale, et que j'y resterais. Je me fis alors proposer pour aller prendre les eaux de Vichy et respirer un air plus pur. Avant de partir, j'attendis le passage de l'inspecteur général, qui fut M. Denecey de Cévilly. Il me dit : « Vos notes ne sont pas mauvaises ; mais j'y lis quelques restrictions qui m'étonnent. » Je lui répétai ce que j'avais dit à M. Bouché, en ajoutant que j'allais demander, étant en France, mon changement pour la province d'Oran. J'étais proposé pour chevalier, après épuisement des autres fonctionnaires de la province, n'eussent-ils que vingt ans de service, campagnes comprises. Je ne fus nommé chevalier qu'en décembre 1876, ayant alors quinze campagnes, proposé depuis 1871, et ayant pu être nommé en 1870, si je l'avais voulu ! Après la veine, la déveine : c'est une bonne chose pour vous inculquer la modestie.

Quand je passai à Alger, M. Lévy voulait que je m'embarquasse le lendemain, mardi, sous le prétexte qu'ayant demandé un congé, je devais en jouir tout de suite. J'objectai que j'avais des affaires à régler, des visites à faire, et que je ne désirais m'embarquer que le samedi, à moins, lui dis-je, que vous ne me donniez l'ordre formel de partir demain. Il n'insista pas, et, comme je le saluais pour partir, il me sembla qu'il murmurait : « Allez au diable » ; mais je n'en étais pas sûr, sans quoi je lui aurais répliqué : « Nous nous y retrouverons. »

Voilà comment je me séparai de ce chef indigne, vrai figure patibulaire, pétri de fiel et de vinaigre ; il était de la race des tyrans : le milieu seul lui a manqué. Il devint pourtant intendant général, et mourut trois jours après avoir atteint sa limite d'âge, de rage, disait-on, de ne plus toucher sa solde entière.

Je me trouvai à Vichy avec M. Rousseau, intendant de la province d'Oran, auquel je parlai de mon désir de servir sous ses ordres ; il me dit qu'il ne voyait pas de vacance en perspective. Il m'apprit que M. Denecey de Cévilly lui avait parlé de mes démélés avec M. Lévy, et que je l'avais beaucoup amusé, en lui racontant mon affaire.

Au ministère, on me dit qu'il était impossible de m'envoyer à Oran ; je dus me résigner à demander ma rentrée en France : je fus désigné pour Langres.

Je ne devais plus revoir l'Algérie que j'ai si souvent regrettée pour son beau ciel, sa vie facile, son originalité : *sunt lacrymæ rerum !*

CHAPITRE VIII

DE 1875 A 1895

A Langres, je trouvai le général de division Jeanningros. Ancien enfant de troupe au 1er zouaves, il avait fait toutes les guerres du second empire, sans compter les campagnes d'Algérie. Ayant eu la chance de ne se trouver jamais sérieusement sous la trajectoire, il avait gagné tous ses grades à la force du poignet; mais, comme il n'avait pas eu de loisirs pour étudier, ses connaissances générales étaient vagues; c'était un brave soldat, et voilà tout. Il ne fallait pas chercher à le faire sortir des questions de métier; il n'avait qu'une idée : le panache ! On regrettait ses excentricités qui le rendaient un peu ridicule ; car on n'aime pas voir rire d'hommes aussi dévoués au devoir. Il posait pour le torse, ne quittant jamais ses longues bottes, ornées d'éperons mexicains démesurés ; il se promenait, même à la musique du jardin public, avec une colichemarde à la Chicot, à coquille formidable, qu'il laissait traîner, le képi incliné à 45 degrés. Il s'arrêtait brusquement, mettait le poing sur la hanche, et, en roulant des yeux flamboyants, il vous disait d'une voix de stentor : « J'ai fait la guerre dans tous les pays du monde ! »

Il avait un culte pour le duc d'Aumale qui commandait le 7ᵉ corps, et qui lui rappelait les guerres d'Afrique ; aussi, quand il venait à Langres, le général Jeanningros ne cessait de lui donner du Monseigneur : on se serait cru à la cour. Le duc d'Aumale paraissait, du reste, trouver absolument normale une appellation qui, déjà à ce moment, paraissait assez déplacée, bien que la vraie république ne fut pas encore fondée. Il tenait chacun à une distance princière, et ne vous entretenait qu'avec une condescendance hautaine. Avec cela gouailleur, ce qu'il aurait dû éviter par dessus tout, dans sa position délicate et instable ; mais l'infatuation dominait tout. Il me demanda de quel corps je sortais ; quand je lui eu nommé les zouaves, il s'esclaffa, en s'écriant : « Un zouave intendant ! »

Un chef ne devrait jamais oublier que ce qu'on pardonne le moins, c'est le froissement d'amour-propre, et que la morgue et l'impertinence tuent le respect et le dévouement.

Il fut remplacé par le général Wolff, qui avait passé de nombreuses années dans les bureaux arabes ; il y avait puisé des allures autoritaires, cassantes, méfiantes et louvoyantes. Il manquait absolument de bienveillance et d'aménité. Politicien émérite, il donnait toujours raison a priori à l'élément civil dans tout conflit entre civils et militaires, punissant ces derniers avec la dernière rigueur. Il vivait comme un satrape dans son hôtel, ne visitant jamais les places de son commandement. Il ne cherchait qu'à plaire au pouvoir, afin de rester indéracinable à Besançon, où il est resté, près de dix ans, à la tête du 7ᵉ corps. C'est dire que son départ ne fut pas regretté. Il avait été certes un brillant militaire ; mais il fut un mauvais chef, partial et malveillant : je l'avais déjà connu, sous ce jour-là, en Algérie.

Mon intendant, M. Montaudon, était courtois, affable et bienveillant ; mais il était extrèmement avare, et il apportait, dans sa manière de servir, un tel esprit de mesquinerie qu'il ne put arriver intendant général. En 1876, venu à Langres en inspection, il m'offrit à déjeuner à la citadelle chez une cantinière, afin de ne pas perdre de temps. Après de longs débats avec la cantinière, il commanda une bouteille de vin de 2 francs. Quand nous eûmes déjeuné, il me dit à l'oreille : « Ne payez que votre déjeuner, je paierai la bouteille de vin. » Il offrait ces infects cigares qu'on appelait des inséparables, valant

15 centimes les deux. Je n'eus pas à me plaindre de lui ; il mit dans son ordre d'inspection que j'imprimais, à tous les services, l'activité dont j'étais toujours animé.

J'ai rencontré, dans ma carrière, un autre intendant, devenu intendant général, qui rendait des points à M. Montaudon lequel, au moins, avait une tenue convenable. Celui-ci était crasseux ; sa dragonne était devenue toute noire ; sa tenue était dégoûtante.

Quand, étant en inspection à Montpellier, où j'étais intendant, il m'invita à dîner, il ne m'offrit pas même une bouteille de 2 francs ; ce fut le diner d'hôtel ordinaire, avec le gros vin de l'Hérault. Après le diner, nous allâmes au café, et il me laissa payer les consommations.

Il est bon d'ajouter que ces deux intendants avaient une belle fortune personnelle, et qu'ils touchaient des frais de représentation.

Je ne connais pas de vice plus odieux et méprisable que l'avarice, parce qu'il paralyse tous les élans du cœur, et annihile la dignité : des gendres seuls peuvent y découvrir des circonstances atténuantes.

En 1876, un de mes collègues vint me demander si je tenais beaucoup à rester à Langres, son désir étant de me remplacer ; il était enfant du pays. Le séjour de Langres étant fort triste, j'acceptai sa proposition, à la condition qu'on ne me donnât pas un poste plus mauvais : on m'envoya à Paris, où je restai trois ans. J'étais attaché à une division active, appartenant au 4e corps d'armée, ce qui me donnait des loisirs ; mais j'avais de grandes obligations à remplir : les visites aux grands chefs, sans oublier le jour de ces dames. Il y avait huit intendants généraux inspecteurs ; si on les avait contre soi, gare aux gémonies.

Pendant ces trois années, je pus me rendre compte que la cote d'amour sévissait terriblement dans l'intendance, et que les sociétés d'admiration mutuelle étaient toutes puissantes. Il y avait celle des anciens Saint-Cyriens et celle des polytechniciens qui se faisaient concurrence pour la manne à recueillir : celle qui avait décroché la timbale, c'est-à-dire la Direction au Ministère, devenait la dispensatrice des grâces, en vous facilitant les moyens de vous mettre en relief dans des postes choisis, et principalement à Paris ; car à Paris seulement se faisait la consécration des élus. Aussi, tous les fonctionnaires, un peu ambitieux, devaient venir y faire leur cour, sous peine de marquer le pas, ou d'être oubliés. On ne pouvait rester en province, avec quelque chance d'avancement, que si l'on était caudataire de la société d'admiration en vogue, ou sous les ordres d'un chef affilié. C'était les caudataires, ces enfants gâtés, qu'on désignait pour l'école d'administration, la section technique, pour sous-directeur et chef de cabinet du Directeur au Ministère, pour la direction de l'usine de Billancourt, les commissions d'étude, etc. Puis, arrivèrent les expéditions, plus ou moins lointaines, où l'on a joué de la grosse caisse à tour de bras. On ne saurait croire quelle exploitation a été faite de la Tunisie pour donner de l'avancement aux amis. Sous le prétexte fallacieux qu'on y faisait campagne, et que, par conséquent, il fallait moitié moins de temps pour passer aux grades supérieurs, ce fut un chassé-croisé scandaleux de fonctionnaires qu'on y envoyait pour les faire proposer, et qui rentraient dès qu'ils etaient au tableau ; on vit ainsi un sous-intendant de trente-deux ans porter les cinq galons au képi. C'est ce qui gâta tout. Ces excès de népotisme soulevèrent un tel tolle dans l'armée que le Ministre remplaça l'intendant Directeur au ministère par le général Mercier, nouvellement promu, que j'avais connu colonel d'artillerie à Grenoble. Lors d'une visite que je lui fis, il me dit, en substance : « Nous voulons qu'on arrive assez vite au grade de sous-intendant à quatre galons, mais qu'ensuite on sache attendre. »

Quand il quitta la direction, il fut remplacé par un intendant ; mais la répartition des grades était modifiée, et le népotisme ne put plus s'épanouir aussi vigoureusement, ce qui plongea dans le marasme les sociétés d'admiration.

Elles exultèrent quand vinrent les expéditions du Tonkin et de Madagascar, où l'on envoya naturellement une succession d'affiliés qui se firent la courte échelle, en proclamant qu'ils étaient tous des hommes illustres, ayant vaincu des difficultés surhumaines.

Cela ne veut pas dire que la plupart de tous les privilégiés fûssent sans mérite, et n'aient pas bien rempli leur mission. Mais le mérite, pour être apprécié, a besoin d'être mis en lumière, et, pour cela, il faut des circonstances favorables : les coteries savaient les exploiter pour les membres adhérents, et les faire naître, au besoin. Le vrai mérite est modeste, dit-on ; alors, il ne conduit à rien. Et, comme dans les coteries, on devait arriver *per fas et nefas*, ce n'était que louanges hyperboliques, dithyram-biques. C'était la scène renouvelée sans cesse de Vadius et Trissotin avant le sonnet. Un intendant général ne disait-il pas un jour qu'un de ses protégés avait découvert une forêt près de Laghouat !

Il fallait bien laisser quelques os à ronger aux

fonctionnaires distingués, mais indépendants, qui s'imposaient ; mais il fallait encore que la coterie n'eut pas alors de rival sérieux à opposer ; si non, point de quartier.

C'est ainsi que fut évincé un fonctionnaire très distingué et très méritant, mais qui avait le tort d'être indépendant. Arrivé le premier au Tonkin, il avait eu la grosse charge d'organiser tous les services. Etant intendant à Bordeaux, il fut envoyé à Lyon pour y attendre sa nomination d'intendant général. Mais quand la vacance se présenta, ce fut un collègue qui fut nommé, bien qu'il fut passé intendant deux ans plus tard et qu'il fut de cinq ans plus jeune, pouvant donc attendre une deuxième vacance.

Le directeur de l'intendance au Ministère eut dû protester, et même démissionner, plutôt que de manquer à l'engagement qui avait été pris envers cet excellent serviteur, auquel on avait imposé un dérangement onéreux, en l'envoyant à Lyon, avec promesse formelle de nomination. Que d'autres passe-droits ne pourrait-on pas énumérer !

Pour mon compte, je suis resté en dehors de toutes les coteries, par goût d'abord, et par raison ensuite ; car je n'aurais jamais été *persona grata*, ayant débuté comme soldat et étant entré dans le corps sans concours : la haine de l'intendant Lévy à mon égard provenait déjà de là. J'étais considéré comme un intrus, et j'ai dû, pour arriver, m'imposer par ma manière d'être et de servir. J'ai marché droit devant moi, sans m'occuper du qu'en dira-t-on.

Après mes trois ans de séjour à **Paris**, je fus proposé pour la 2e classe dans de bonnes conditions. J'avais fait les grandes manœuvres de 1878 avec le 4e corps, auquel j'appartenais, et j'avais été favorablement noté par mon intendant, M. Lemaître, que j'avais connu à l'armée de la Loire et à l'armée de l'Est. Il fut, lui aussi, victime des intrigues ourdies à Paris. Sa nomination au grade d'intendant général avait été signée par le Ministre de la Guerre, le général Thibaudin, son camarade de promotion à Saint-Cyr ; l'intendant Delaperrierre, alors sous-directeur au ministère, se précipita chez le Ministre, et eut l'impudence de lui dire que cette nomination produirait le plus mauvais effet. Le général Thibaudin fut ahuri et eut la faiblesse de céder, en s'excusant auprès de son vieux camarade qui était aussi méritant que possible par son caractère, sa dignité et son activité incessante, comme je l'avais constaté pendant la guerre de 1870 et pendant les grandes manœuvres de 1878. Avant d'être nommé intendant, il était directeur de l'école d'administration, poste que l'on ne donne qu'aux fonctionnaires très méritants et d'avenir. Il fut donc sacrifié iniquement et traîtreusement.

Ah ! c'était de rudes jouteurs que ces fonctionnaires coalisés pour l'obtention des bénéfices !

Il serait dommage de laisser dans l'oubli le nom des plus fameux, qui eurent tous leur cour d'admirateurs, thuriféraires à tous crins, réclamant la manne en chantant les louanges du chef. Ce furent :

M. Rossignol, ondoyant et divers, d'une roublardise quintessenciée, éminent faiseur, mais qui, étant Directeur au Ministère, ne put jamais savoir où étaient passés trente millions du service de l'habillement.

M. Perrier, l'ancien munitionnaire du siège de Paris, jouisseur, blagueur, faiseur de calembourgs, sceptique, qui, pour arriver intendant général, se fit nommer Directeur au Ministère. Etant donnée son incapacité, il dut s'adjoindre M. Delaperrierre, celui-ci très fort, très instruit, ayant un merveilleux entregent, le prototype de l'intrigant. C'est lui qui mit le feu aux poudres à la suite des avancements fantastiques de Tunisie : il avait par trop abusé du népotisme, et fut remercié. Mais il sut remonter le courant, et devint intendant général : il était réellement très capable, mais était absolument sans vergogne.

M. Segonne, qui se fit placer en mission à Paris, pendant deux ans, pour préparer ce fameux traité des lits militaires, lequel a coûté au trésor trente millions indûment payés, et fit la fortune des actionnaires dont les titres, tombés à une valeur infime, remontèrent à près de trois mille francs. Magnifique opération !

Il fit donner à son frère, sous-intendant, un choix scandaleux.

M. Raizon, haut gradé, parait-il, dans la religion réformée. C'est sous sa direction au Ministère que fut passé cet onéreux traité des lits militaires. J'avais dans un rapport, jeté au panier, demandé que, vu la valeur infime du mobilier à reprendre, ce service fut mis en régie, comme cela vient d'avoir lieu à l'expiration de ce néfaste marché.

Il se fit désigner pour venir en inspection à Montpellier, où j'étais intendant, afin de repêcher un de ses coréligionnaires, dont le général O'Neill hésitait beaucoup à renouveler la proposition pour le grade d'intendant, et à juste titre ; car, ayant été promu, ce fonctionnaire dut être mis en retraite d'office.

M. Baratier, qui alla passer quelques mois au Tonkin, alors que tous les services étaient depuis longtemps organisés. Il se fit une telle réclame, appuyée par le clan qui s'était attaché à sa fortune, qu'il en revint auréolé ; en se regardant, ils devaient tous pouffer de rire : tels les augures. Le Ministre de la Guerre Cavaignac le précipita du Capitole, en le mettant en retrait d'emploi, à la suite de l'affaire des faux poinçons.

Un de ses séides, retour du Tonkin, ambitieux forcené, désespéré de ne pouvoir supplanter ses collègues, déjà inscrits au tableau d'avancement, tomba dans la neurasthénie, et en mourut. C'est inouï !

Je pourrais allonger mes citations ; mais il faut se borner.

Quand je dus quitter Paris, je demandai à retourner en Algérie ; M. Coulombeix, alors Directeur au Ministère, refusa en me disant que j'avais fait assez de campagnes, et il m'envoya à Grenoble, où je fus nommé à la 2ᵉ classe le 14 janvier 1880, avec un choix de quatre rangs. J'avais quarante ans, et me trouvais dans la bonne moyenne.

J'eus à Grenoble pour chef le général de division d'Ariès, homme du monde, très intelligent, mais violent et foncièrement jaloux de son autorité. Je débutai mal avec lui. Il avait horreur de la tenue bourgeoise, qui était de

15

règle à Paris. Je pensais que je pouvais en user pour aller à la messe dans une chapelle, située près de mon logement. Le général m'y vit un jour, et m'infligea quatre jours d'arrêts pour être sorti en tenue bourgeoise. Je protestai, trouvant la punition abusive, une chapelle étant un lieu d'asile, où l'on ne vient pas prendre les gens en faute ; mais la punition fut maintenue. Alors, je refusai une invitation à dîner, donnant pour raison que j'étais indisposé. M'étant rendu ensuite chez le général pour affaires de service, il me fit une sortie violente pour avoir refusé son invitation, et me menaça de nouveaux arrêts. Comme il devenait rouge comme une pivoine, et qu'il était d'un tempérament apoplectique, je lui dis doucement : « Punissez-moi, mais ne vous mettez pas en colère comme ça ; vous allez vous rendre malade. » Ce fut comme un seau d'eau froide ; il se calma subitement, l'air ébahi, et me dit en me tendant la main : « Vous avez raison, n'en parlons plus. » A partir de ce jour, il me traita en ami, et j'en obtenais tout ce que je voulais. Au fond, il était bon et juste, et regrettait ses violences, provoquées par son tempérament sanguin.

Nous fîmes en 1881 des manœuvres de division, auxquelles assista le général Carteret,

commandant le 14ᵉ corps d'armée, mon ancien
colonel au 1ᵉʳ zouaves. Un jour, il me dit : « Il
paraît que la viande, que vous faites distribuer,
n'est pas très bonne ; elle serait coriace. »
Justement, les hommes arrivaient de la distribution ; je les fis arrêter, et le général examina
la viande qu'il trouva très bonne. « Est-elle
toujours comme cela ? » dis-je aux hommes.
Sur leur réponse affirmative, je dis au général :
« Voilà comment on écrit l'histoire, et, sans ce
hasard, vous auriez pu croire... » Il m'interompit,
en me montrant un Monsieur imposant qui
l'accompagnait, et me dit : « C'est Monsieur
qui me l'avait dit, après avoir regardé manger
les soldats. » « Eh bien ! il n'est pas fort,
répliquai-je, et ferait bien de se mêler de ce qui
le regarde. » L'autre faisait une tête ! Je pense
que le général avait voulu lui donner une
bonne leçon.

Après les manœuvres, le général d'Ariès fit
un rapport, au général Carteret où il disait :
« Qu'il me soit permis de vous signaler M. le sous-
intendant de la Ville qui a organisé et dirigé les
services administratifs avec un zèle et un savoir
qui méritent les plus grands éloges. » Le
général Carteret et mon intendant firent chorus.
Mon intendant était M. Castex dont je n'ai eu
qu'à me louer. Quand je quittai Grenoble, il

m'écrivit : « Je regrette de vous voir quitter le 14ᵉ corps d'armée où j'avais pu apprécier tous les services que vous avez rendus. Recevez tous mes remerciements pour tout le concours dévoué que vous m'avez donné depuis votre arrivée. »

Avant le général Carteret, c'était le général Lecointe, mon ancien chef de bataillon à Magenta, qui avait commandé le 14ᵉ corps. Quand il était venu à Grenoble, je lui avais rappelé cette bataille, en spécifiant les endroits où je l'avais vu se tenir avec tant de bravoure et de sang-froid. Il en avait été tout étonné, s'ignorant lui-même, comme tous les hommes naturellement modestes, et chez lesquels l'esprit de sacrifice est inné.

En décembre 1881, je reçus ma désignation pour Langres ; deux de mes collègues avaient refusé ce poste désagréable, et, comme ils étaient de la coterie, on n'insista pas, et l'on pensa à moi avec qui on n'avait pas à se gêner. Etait alors directeur de l'intendance au ministère le fameux intendant général Périer qui signait ; le vrai directeur était l'intendant Delaperrierre qui lui succéda. Je me trouvais très bien à Grenoble, et je partis fort mécontent de cette mutation injustifiée. Le directeur me fit dire, sur ma protestation, que c'était pour mon bien, et que je trouverais à Langres, où j'étais déjà allé, des occasions de me mettre en relief. Je pris ces paroles au sérieux, et de 1881 à 1895, je ne quittai plus les camps retranchés de Langres et de Besançon. Les services y étaient certes très intéressants, et l'on s'y trouvait un peu en campagne. Les questions de mobilisation et de ravitaillement étaient importantes, puisqu'il fallait y comprendre la population civile. Puis, là je me trouvais jugé et noté par les gouverneurs militaires, avec lesquels j'avais des rapports constants. Il devenait alors difficile à un intendant malintentionné de me mal noter, quand le gouverneur me notait favorablement. Bien pénétré de ces considérations, je me gardai, quoiqu'il m'en coutât, de demander mon envoi dans des postes plus agréables, et l'on ne demanda pas mieux au ministère de me laisser dans ces postes si peu recherchés.

J'eus pour directeur l'intendant général Demons, fonctionnaire très capable, mais très autoritaire ; il avait la vue perçante, et il ne fallait pas chercher à lui en conter. Il me proposa en 1885 pour la 1re classe, avec des notes brillantes, dont j'eus connaissance ; il me notait « fonctionnaire d'élite ». Aussi, fus-je nommé sous-intendant de 1re classe le 12 février 1886. Je passai avec un choix de cinq rangs, ce qui

était beau. Mes excellents rapports avec
M. Demons furent troublés par un intendant
qui était son adjoint, M. Bonnaventure, homme
violent et vindicatif. Il y avait à l'hôpital
thermal de Bourbonne un petit détachement
d'infirmiers qui restait pendant la fermeture de
l'hôpital ; nous avions encore les sections
d'infirmiers sous notre commandement. Ces
infirmiers touchaient leur pain de troupe chez
un boulanger qui leur distribuait du pain blanc,
ne voulant pas faire une fournée de pain de
troupe pour une quinzaine d'hommes. Trouvant
qu'avec 750 grammes de pain blanc, ils en
avaient suffisamment pour tremper leur soupe,
ils réservaient l'argent du pain de soupe
pour acheter d'autres denrées ; seulement, le
commandant du détachement eut le tort de
laisser simuler un achat de 250 grammes sur
le livret d'ordinaire, pour masquer l'achat
d'autres denrées. M. Bonnaventure s'en aperçut
dans une inspection, pour laquelle il ne m'avait
pas convoqué, et immédiatement, sans enquête
et sans explication, il en tira la conviction que
le caporal d'ordinaire avait mis dans sa poche
l'argent de ce pain, et il le fit mettre en prison
jusqu'à sa comparution devant un conseil de
guerre. M. Demons m'invita à aller procéder à
l'enquête sur la culpabilité du caporal, en

qualité d'officier de police judiciaire ; mon
rapport innocenta le caporal. Naturellement,
M. Bonnaventure fut furieux de se voir en si
mauvaise posture. Il écrivit à M. Demons une
lettre où il soutenait sa thèse, en m'attaquant,
bien entendu ; il terminait en disant de moi :
« Ce fonctionnaire a une belle âme ; mais il
manque d'esprit d'investigation. Ces bonnes
gens doivent bien rire de l'intendance à l'heure
qu'il est. » C'était prendre M. Demons par son
côté faible ; aussi m'écrivit-il une lettre sévère,
et comme le caporal ne pouvait plus être
poursuivi, M. Demons infligea quinze jours
d'arrêts à l'officier d'administration, commandant le détachement. Ce dernier réclama au
Ministre qui ordonna alors à M. Demons de
procéder lui-même à une enquête ; il se rendit
à Bourbonne avec M. Bonnaventure. L'enquête
ne donna pas le résultat attendu, puisque le
caporal resta indemne ; mais on se garda de
m'en faire connaître le résultat, et pour cause ;
mais, comme il ne fallait pas donner tort aux
grands chefs, le Ministre déplaça l'officier
d'administration qui, dégoûté avec raison,
demanda sa retraite. Quelque temps après,
M. Demons prit aussi sa retraite, et, comme
je voulais avoir le cœur net de cette affaire, je
le mis respectueusement en demeure de me

faire connaître le résultat de son enquête. Il me répondit : « Vous me demandez si l'enquête, faite à Bourbonne, a fourni la preuve de malversations commises, ou seulement d'irrégularités dans la gestion des ordinaires : c'est ce dernier fait qui a été seul constaté. » Il eut été plus digne de me faire cette déclaration spontanément, au lieu de me laisser sur l'impression du blâme qu'il m'avait adressé après les insinutions perfides de M. Bonnaventure. Ils sont bien coupables les chefs qui jouent avec l'honneur et l'avenir de leurs subordonnés par passion ou par légèreté, et qui n'ont pas la loyauté de reconnaître leur erreur. Et c'est le même intendant si sévère pour une irrégularité, qui, après sa mise à la retraite, avait indûment gardé un soldat d'administration pour ordonnance, auquel il n'avait aucun droit, même en activité de service. Il fallut une lettre anonyme, adressée au général de Négrier, commandant le corps d'armée, pour en être informé ; ce dernier me convoqua, et me blâma d'avoir toléré cet abus. Sur ma réponse que l'officier d'administration commandant le détachement ne m'avait rendu aucun compte à cet égard, le général m'ordonna de faire rentrer immédiatement cet homme au quartier. Voilà l'intégrité du personnage, qui n'avait pas hésité à m'attirer un blâme pour couvrir sa condamnable bévue et sa mauvaise action. On en voit de raides dans sa carrière.

En 1887, au moment des démélés avec l'Allemagne, le général Ferron, résidant à Chaumont, vint inspecter le 21e de ligne qui était sous ses ordres. Avant son départ, je lui rendis visite ; nous parlâmes de la gravité de la situation ; tout à coup il me dit : « Il faut que le général Boulanger soit fou pour oser faire des provocations, quand nous n'avons que des régiments squelettes. » Le lendemain, le général Ferron remplaçait Boulanger comme ministre. Son premier soin fut de créer les régiments régionaux, en renforçant nos troupes de première ligne. Je n'ai pas assez connu le général Ferron pour pouvoir l'apprécier ; mais j'admirai son abnégation quand, quittant le ministère, il reprit son chapeau à plumes noires pour commander une division d'infanterie. Il mourut prématurément et d'une façon tragique.

Je fus désigné pour Besançon en janvier 1888. A mon départ, le gouverneur de Langres m'écrivit : « Le général gouverneur ne veut pas se séparer de M. le sous-intendant de la Ville, sans lui exprimer toute sa satisfaction et ses remerciements pour l'intelligence et le dévouement qu'il a déployés dans la direction du service administratif de la Place. »

J'eus comme intendant à Besançon, jusqu'en 1889, M. Bonnaventure qui, pour se faire pardonner sans doute ses mauvais procédés à mon égard, fut pour moi aussi aimable qu'il lui était possible de l'être.

Le général Logerot, commandant alors le 7ᵉ corps d'armée, me fit proposer pour intendant alors que je n'avais que trois ans de grade. C'était flatteur ; mais, comme cette proposition dut être renouvelée pendant cinq ans, cela m'empêcha d'être nommé officier de la Légion d'Honneur, la première proposition excluant l'autre. Je ne fus promu qu'un an après avoir été nommé intendant, avec vingt années de grade de chevalier.

Au général Logerot succéda le général de Négrier que tout le monde connaît ; il avait été déjà à Besançon, comme général de division. Il n'aimait pas beaucoup l'intendance, et malheureusement arriva, après M. Bonnaventure, un intendant qui ne devait pas contribuer à modifier ses impressions. Ce fut M. Laurent, qui venait de Lyon, dans l'espoir de gagner à Besançon des titres pour arriver intendant général.

M. Laurent sortait de l'état-major ; entré dans l'intendance à vingt-huit ans, il avait atteint le grade d'intendant à cinquante ans. Ce superbe avancement préjugeait un homme remarquable ; mais, dès qu'on l'avait fréquenté, on se demandait par suite de quelle erreur la Fortune pouvait avoir pris par la main un homme si incomplet. Pour résumer son opinion, l'humoriste intendant général Perrier avait mis, dans ses notes, qu'il ressemblait à une belle bibliothèque, dont tous les tomes sont dépareillés. Il était certainement instruit et intelligent ; mais ses idées, mal coordonnées, rendaient son esprit diffus et brouillon, au point qu'il ne pouvait pas relire ce qu'il avait écrit : un officier d'administration, nouveau Champollion, était parvenu à déchiffrer ses hiéroglyphes ; aussi était-il devenu son bras droit. Les ordres qu'il donnait étaient aussi peu judicieux que son style était peu clair. Avec cela entêté, se butant sur une idée fixe, faible de caractère et, par conséquent, violent, se méfiant des gens distingués, s'appuyant sur les médiocres qui le flattaient, et enfin, aussi peu cavalier que possible, avec les allures et la tournure d'un gros poussah ; tout l'opposé de l'homme d'action.

On peut penser, d'après ce portrait, quel effet il produisit sur le général de Négrier, l'homme actif par excellence de corps et d'esprit, dont il devint bientôt la bête noire. Vu son ancienneté, il était chaque année inspecteur général ; pendant quatre ans, je dus le suppléer pendant les cinq ou six mois qu'il faisait durer son inspection : j'étais un intendant *in partibus*.

A l'inverse de mon chef, j'étais dans d'excellents termes avec le général de Négrier qui approuvait ma manière de servir. M. Laurent en prit ombrage, et, poussé par son entourage que je faisais marcher carrément lorsque j'avais la signature, en sévissant quand il le fallait, et il le fallait trop souvent, il crut que je le desservais auprès du général, alors qu'au contraire, pour le bon renom du corps, j'avais fait tout mon possible pour réparer ses bévues, et ce n'était pas chose facile. Après une faute grave qu'il avait commise dans le service, et que je ne pus pallier, il reçut un blâme du général de Négrier ; il voulut m'en imputer la responsabilité, en me reprochant de ne l'avoir pas couvert, ce qui m'aurait été impossible, parce qu'un officier d'administration avait réclamé directement au général, et il eut la déloyauté de me desservir auprès de la commission de classement, où, sans le général de Cools, qui s'était trouvé sous les ordres de mon père en Crimée, et qui présidait, j'aurais subi un échec : manquer à ses devoirs et s'en prendre à son suppléant ! Telle était la valeur morale du personnage.

J'ai passé, dans ces conditions, quatre années très dures, d'abord moralement, puis physiquement, par suite du surcroît de travail que me donnait ma suppléance, alors que j'avais déjà un service très chargé, tant pour l'exécution de mon service propre, que par le travail que m'imposait la commission de défense du camp retranché. Il m'était impossible d'aller en permission. Mais je fus largement dédommagé, quand je fus nommé intendant avec un choix de quatre rangs. Lorsque je remerciai le général de Négrier de son appui, quand il vint à Montpellier en inspection, il me dit : « Vous n'avez pas à me remercier ; vous le méritiez. »

Bien entendu, mon gracieux chef ne devint pas intendant général, et s'en alla piteusement avec ses douze ans de grade. Et c'était justice !

Quand je quittai Besançon, le gouverneur m'écrivit : « Je ne veux pas vous laisser partir sans vous remercier du concours actif et dévoué que vous n'avez cessé de prêter au gouverneur, et je tiens à vous en exprimer une dernière fois toute ma reconnaissance, en même temps que mes regrets de vous voir nous quitter. »

CHAPITRE IX

———

De 1895 à 1901

———

Je fus nommé·intendant le 18 avril 1895, à l'âge de cinquante-cinq ans, et envoyé au 16e corps, à Montpellier.

Ce qui me donna le plus de contentement, ce fut de quitter mon vilain intendant. Les six années, passées sous les ordres de ce mauvais chef, n'avaient pas peu contribué à augmenter mes regrets de m'être fourvoyé dans le corps de l'intendance dont le genre d'esprit, le service, les procédés m'étaient devenus antipathiques. Malgré cela, j'y ai servi et j'ai agi comme si j'étais dans mon élément : le devoir avant tout. Quand on n'a pas ce que l'on aime, il faut savoir supporter ce que l'on a.

Avant la guerre, l'intendance jouissait d'un grand prestige, et c'est ce qui me détermina à accepter d'y entrer. Mais, après nos revers, elle servit de tête de Turc, de bouc émissaire, jusqu'au jour où fut créé le corps du contrôle de l'administration de l'armée qui fut formé avec son élite, et qui hérita de ses prérogatives

de contrôle. L'intendance fut placée sous les
ordres directs des généraux qui ne lui témoi-
gnèrent que peu de sympathie ; il faut du temps
pour effacer certains clichés.

Malgré sa déchéance, l'intendance a conservé
un certain prestige, tant à cause de son passé,
qui rappelle l'ancienne magistrature d'épée, que
pour son recrutement qui est resté généralement
select, grâce à un concours sévère. L'appât du
quatrième galon, obtenu assez rapidement,
attire même des officiers d'élite qui reperdront,
dans les grades élevés, l'avance acquise au
début ; il est aussi bien plus difficile d'arriver
intendant général que général de division. Ils
regretteront trop tard d'avoir abandonné l'épaulette pour mener une existence monotone et
sans relief, pour se voir dédaigneusement
traités de non-combattants par des gens dont la
plupart n'entendront jamais siffler une balle,
pour ne jouir que d'une assimilation bâtarde ne
conférant aucun droit direct, et se voir affublés
d'un uniforme baroque ; en grande tenue, les
intendants ressemblent à des appariteurs de
pompes funèbres, ou encore à des sous-préfets
en pantalons rouges. Seuls, les intendants
généraux, ces quatre fils Aymon de l'intendance,
ont le chapeau ferré, ce qui rend leur tenue
moins grotesque. En petite tenue, ils ressem-

blent à des généraux manqués, comme me le disait un jour l'intendant Roux.

Pourquoi les étoiles sur l'épée, la dragonne et la ceinture, et pas sur les manches ? Du moment que l'intendance était complètement militarisée, il convenait de donner des grades effectifs à ses membres qui avaient tous porté l'épaulette, et dont un très grand nombre avaient des blessures de guerre. C'est ce qui a lieu dans d'autres armées, où personne. n'en prend ombrage.

Les officiers du train portent bien l'épaulette, eux qui ne sont que des convoyeurs, neutralisés, qui plus est, dans les ambulances où ils portent le brassard. Dans les convois administratifs, méritent-ils de porter l'épaulette plus que les officiers d'administration qui dirigent ces convois, qui commandent des sections à la tête desquelles ils défilent, et, au besoin, combattent ? Le méritent-ils plus que les médecins qui soignent les blessés sous le feu de l'ennemi, et que les vétérinaires qui chargent avec leur régiment ?

Et les commandants de recrutement, les majors, trésoriers, officiers d'habillement, sont-ils combattants, ceux-là ?

Partout, anomalies.

Comme si un sous-intendant ne valait pas un commandant de recrutement ou un major !

Comme si l'officier d'administration du
service de l'habillement ne valait pas un
capitaine d'habillement !

Puis, que signifient ces appellations « Fonctionnaires de l'intendance » — Monsieur le
sous-intendant » — Monsieur l'adjoint à
l'intendance » appliqués à des militaires ? Tout
cela est suranné et absurde, comme les termes
de combattants et non-combattants. Il n'y a
plus que des officiers qui ont les mêmes grades,
avec des emplois différents, et qui doivent
coopérer tous au succès final, en se fondant
dans le creuset du patriotisme : la valeur, le
mérite, l'utilité des officiers ne se mesurent pas,
en tablant sur les dangers, plus ou moins
aléatoires, qu'on pourra courir un jour, et
peut-être jamais.

Les gendarmes ne se battent pas non plus,
et marchent à l'arrière des armées : les jocrisses
du panache les traiteront-ils aussi de non-
combattants ?

Toutes ces chinoiseries étaient bonnes peut-
être autrefois ; mais, avec la nation armée,
tous ceux qui contribuent à la défense et à la
gloire du pays doivent être placés sur le même
pied, et jouir des mêmes droits, puisqu'ils ont
les mêmes devoirs. Et s'il y a trop de grades
élevés, qu'on les supprime, mais qu'on ne

16

ravale pas ceux qui sont indispensables.

Les uns croient se grandir en abaissant les autres. Pauvre esprit et triste moyen d'émulation ! Mort de la camaraderie et appel aux bas sentiments !

II

Le commandant du 16ᵉ corps était le général O'Neill qui m'avait dit, quand je m'étais présenté à lui à Paris, comme candidat : Ah ! vous sortez du rang ; vous pouvez compter sur ma voix. » Je fus donc très bien accueilli ; malheureusement il fut enlevé par une apoplexie cérébrale. Il était devenu trop casanier, ne prenait pas assez d'exercice. Il fut victime d'une mauvaise hygiène.

Il fut remplacé par le général des Garets, brillant cavalier, homme très franc et très droit, d'une vive intelligence et d'une bienveillance éclairée. Quand je fus envoyé à Tours, sur ma demande, en février 1898, il m'écrivit : « Vous ne me laisserez que des regrets ; car j'ai connu et possédé en vous un véritable intendant. » Je quittai moi-même, avec beaucoup de regret, cet excellent chef.

Je trouvai à Tours le général Riff, chef très bienveillant et très pondéré, qui fut remplacé, en juin 1899, par le général Gallimard que j'avais connu en 1871, en Algérie, pendant l'insurrection. Il fut envoyé à Rouen, lors de la réorganisation du conseil supérieur de la guerre. En partant, il m'écrivit : « Je souhaite bien vivement que le Ministre, qui n'est pas lié par un classement, récompense vos brillants services, en vous nommant bientôt intendant général. »

Le général Gallimard fut remplacé par le général Lucas qui ne fit que passer, et céda la place au général Tanchot.

Je fus atteint le 30 juillet 1901 par la limite d'âge. A cette date le général Tanchot m'écrivit :

« J'ai l'honneur de vous faire parvenir un exemplaire de l'ordre général n° 3 que m'a suggéré votre admission au cadre de réserve.

« Je vous prie d'agréer l'expression de mes sentiments cordialement dévoués. »

Ordre Général N° 3

« M. l'intendant militaire de la Ville a débuté dans la carrière militaire de la façon la plus brillante : soldat, il a successivement conquis les grades de sergent, sergent-major et adjudant ; il atteignait l'épaulette, après six années de service. Officier, il a fait partie du brillant corps des zouaves.

« Il a pris part aux rudes campagnes d'Italie, du Mexique et aux colonnes du Sud-Algérien.

« Entré dans l'intendance, son expérience de la troupe, sa haute intelligence et son labeur persévérant y furent vite appréciés, et le poussèrent au premier rang.

« Il eut atteint le dernier échelon de la hiérarchie, si sa santé n'eut exigé le repos.

« Le général salue à son départ ce vétéran de nos glorieuses guerres, qui lègue aux jeunes l'exemple de ce que peuvent le travail, l'amour du devoir et une indomptable énergie. »

« *Signé :* TANCHOT. »

Je trouvai cette lettre et cet ordre à mon retour de l'hôpital du Val-de-Grâce où je venais d'être traité pour une ostéite du fémur, qui m'avait empêché de faire les grandes manœuvres de 1900, et qui m'eut forcé de décliner l'honneur d'être intendant général, si j'avais été dans les conditions d'être nommé. J'avais été guéri en trois semaines d'un mal que les praticiens de Tours avaient été incapables de diagnostiquer. Je fus profondément reconnaissant au général Tanchot de son ordre si cordial qui a prouvé à tous ceux qui avaient pu en douter, que j'avais mérité le choix qui m'avait été attribué pour le grade d'intendant, ce choix que plusieurs n'ont pu me pardonner, et que je n'avais pas désiré, ne demandant à passer qu'à mon tour.

J'espérais au moins être nommé commandeur : j'étais le plus ancien intendant, je venais d'être inspecteur général pendant deux ans, j'avais quinze campagnes. J'avais donc tous les droits à cette distinction. Mais j'en fus privé, alors que mes quatre collègues, passés dans la réserve cette année-là, furent nommés commandeurs. Le ministre de la guerre était alors le général André ; je lui demandai des explications sur l'oubli dont j'étais la victime, en lui envoyant copie de l'ordre du général Tanchot : il me répondit qu'il n'avait pas de compte à me rendre. Je m'adressai à M. Loubet dont la haute mission, comme chef de l'Etat, était de redresser les torts : il me répondit qu'il transmettait ma réclamation au ministre. Ah ! le bon billet ! J'étais berné.

Je fis alors mon examen de conscience, en cherchant les causes de cet ostracisme. Je pensai d'abord que j'avais dû être desservi par le directeur de l'intendance, au ministère, qui avait ses protégés à pousser ; mais, comme il y avait place pour tout le monde, je dus supposer que j'avais été signalé comme clérical, ce qui alors était sinonyme de réactionnaire. J'avais, en effet, fait bâtir, dans ma propriété

de Tours, une chapelle, consacrée par l'arche-
vêque, où un capucin venait dire la messe.
J'avais dû être marqué à l'encre rouge par ce
louche préfet Lardin de Musset, appuyé par
les fameux délégués, frères ∴ amis de cet
ignoble général Peigné qui n'eut pas honte de
déclarer, dans un banquet à lui offert par toute
cette fripouille, que le général André l'avait
envoyé à la tête du 9e corps pour y combattre
les curés en soutane et les curés en uniforme (*sic*).
J'étais rangé nécessairement parmi les derniers.

Est-il croyable d'avoir pu voir, à la tête de
l'armée, des sectaires aussi vils et méprisables,
scrutant les consciences, et vous faisant des
procès de tendance pour vous frapper dans
l'ombre ! Et ces gens-là maudiront l'Inquisition !
Quelle fétide engeance !

Ainsi, mes quarante trois années de service
ne comptaient plus devant l'accusation d'être
clérical, alors que je ne m'étais jamais mêlé de
politique, n'étant inféodé à aucun parti, et
acceptant loyalement le gouvernement établi !

Aussi, est-ce avec un sentiment de délivrance
que je quittai l'armée, heureux de ne plus
dépendre de pareils drôles, et bien décidé,
quoi qu'il puisse arriver, à ne jamais revêtir
un uniforme dont la croix de commandeur
serait absente. Je puis d'autant moins pardonner

cette injustice qu'en dehors du froissement intime éprouvé, j'ai subi une humiliation vis-à-vis de mes camarades, qui ont dû se demander quelle mauvaise action j'avais bien pu commettre.

Lors de l'affaire des fiches, j'écrivis au général Février, grand chancelier de la Légion d'honneur, la lettre suivante :

« Je vous envoie ma protestation contre les officiers délateurs, membres de la Légion d'honneur. Je suis moi-même victime de la délation, ayant été signalé comme clérical par les *délégués* de Tours au Ministre de la Guerre, le général André, qui n'hésita pas à m'empêcher d'être nommé commandeur, malgré mes quinze campagnes, et mes médailles commémoratives d'Italie, du Mexique, et coloniale. Je n'ai pu qu'être flatté de cet ostracisme provenant du premier des délateurs, et je suis bien vengé par sa fin si pitoyable. »

J'en envoyai une copie au général André qui resta muet. Qu'il soit honni à jamais pour le mal qu'il a fait à l'armée, en y jetant la désunion, l'esprit de suspicion, la délation, l'injustice, et en en sapant les forces vives !

Il suffit, du reste, de regarder son visage pour jauger sa valeur morale : aucun sentiment noble, généreux ou délicat ne pourrait germer derrière cette face patibulaire.

III

Si, en dehors des faits de guerre, et du jugement porté sur les personnes et sur les choses, ainsi que sur les évènements auxquels j'ai assisté, je me suis étendu si longuement sur les diverses phases de ma carrière, c'est que j'ai voulu montrer minutieusement quelles difficultés on doit vaincre, surtout quand on a débuté dans l'armée comme soldat, quelles luttes on doit soutenir contre la malveillance de certains chefs, et contre les embûches semées par des concurrents sans vergogne.

Pendant mes trente années, passées dans l'intendance, je n'ai trouvé qu'un minimum de bienveillance, avec un maximum de mauvais vouloir.

Au lieu d'une route droite et unie, j'ai dû suivre un chemin parsemé de chausse-trapes et de traquenards.

La camaraderie, je ne l'ai pas rencontrée. Etant passé, dans chaque grade, avec d'assez beaux choix, je fus en butte à une jalousie féroce. Servant militairement, j'avais l'oreille du commandement, ce qu'on ne me pardonnait pas. « Vous vous croyez toujours aux zouaves » me dit un jour aigrement M. Laurent, mon

intendant qui, lui, incarnait si bien le type de
l'ancienne garde nationale.

J'ai vu s'épanouir le népotisme, l'ambition
désordonnée, l'esprit de dénigrement, l'hypo-
crisie, la vanité maladive.

C'est dans les commissions de classement
que sévissait le népotisme intégral : je l'ai
constaté pendant les deux ans que j'ai été
inspecteur général. C'est là qu'on faisait flèche
de tout bois pour abattre les adversaires, en
exaltant les amis. Un acte répréhensible,
quoique non contrôlé, était-il énoncé, vite on
le considérait comme prouvé, et voilà le
candidat par terre. Deux sous-intendants sous
mes ordres, ne faisant pas partie du syndicat
d'admiration, ont été évincés pour avoir été
attaqués, dans leur conduite privée intérieure,
par des membres du comité de classement :
simples racontars, sans preuves à l'appui. Je
n'ai pas hésité à les informer tous deux de ces
coups de Jarnac. Le premier réclama au ministre
qui l'inscrivit d'office au tableau d'avancement ;
le second protesta par l'organe de son ancien
intendant, M. Delaperriere, qui m'écrivit que le
fait allégué était faux, et qu'il s'en portait
garant. Cela était d'autant plus typique que,
comme chacun sait, M. Delaperrierre était le
grand pontife des sociétés d'admiration.

A l'inverse, les candidats syndiqués étaient couverts de fleurs ; leurs moindres gestes prenaient des allures grandioses. Si l'on ne votait pas pour eux, les pontifes du syndicat s'indignaient, se plaignaient amèrement, cherchaient à vous forcer la main : c'était naturellement les intendants généraux qui étaient les plus violents. J'étais un jour tellement exaspéré que je dis à l'un deux que, si cela continuait, je ne voterais plus pour aucun de ses candidats. N'ayant pu, malgré une vive pression, obtenir l'inscription, pour officier de la Légion d'honneur, d'un jeune sous-intendant très distingué, mais qui n'avait qu'une campagne, et qui était à Paris l'enfant gâté du syndicat, l'intendant général François, directeur de l'intendance au ministère, homme partial et exclusif, le fit inscrire d'office au tableau, et il fut nommé avant tous les autres. *Ab uno disce omnes.*

J'étais parvenu à faire classer pour officier de la Légion d'honneur un officier d'administration principal, le plus ancien de grade, qui avait subi une grave injustice de la part d'un intendant général ; on s'empressa de l'oublier, lors des nominations. Mais il était corse, c'est-à-dire tenace, et, comme il avait de l'entregent, il parvint à se faire nommer *in extremis*.

Je sortais écœuré de ces séances de mar-
chandage et de compromission. On a bien fait
de supprimer les commissions de classement ;
c'est la seule chose de bien qu'ait faite le général
André. Quand je dis « de bien », c'est par
rapport à ma thèse, car, avec cet odieux
personnage, le népotisme ne fit que changer de
main. Mais, au moins, on ne restait plus
responsable du mal commis. Il faut bien le dire :
quand les intérêts personnels entrent en jeu, il
ne faut plus parler d'abnégation, de désintéres-
sement, de fraternité. Le *struggle for life* sévit
dans l'armée plus qu'ailleurs, parce que, au
désir naturel d'avancement, se joignent l'esprit
de domination, la jalousie, l'orgueil professionnel
et la vanité personnelle qui ne transigent pas.
C'est ainsi que tant de chefs ont laissé écraser
leurs rivaux, en temps de guerre, dans l'espoir
de les supplanter. La médisance et la calomnie
sont-elles des moyens moins condamnables ? On
rencontre, certes, de nobles et chevaleresques
natures, de beaux caractères ; mais il y a trop
d'hommes qui ne savent pas mettre la dignité
de la vie, le sentiment du devoir, les élans du
cœur et la grandeur d'âme au-dessus des
intérêts matériels.

Il y a aussi trop de chefs qui se laissent
circonvenir par les faiseurs, les beaux parleurs,

les flatteurs qu'ils préfèrent à ceux qui, se maintenant dans leurs droits, se contentent de remplir leurs devoirs, en conservant leur dignité, leur fierté et leur indépendance morale.

Les bons chefs aiment la résistance, quand elle est justifiée : les mauvais chefs seuls aiment les plats valets.

Heureux, quand on n'a pas affaire à ces chefs aigris, passionnés, envieux, atrabilaires qui, sans s'occuper de ce que vous valez, vous traitent en ennemis, et brisent votre avenir.

Grandeur et servitude militaires ! Mots profonds, toujours vrais. Cette servitude, on l'accepte parce qu'elle est nécessaire et honorable ; mais on doit toujours lutter contre la tyrannie et l'injustice, sans s'inquiéter des conséquences. Je n'y ai jamais manqué pour mon compte, et je m'en fais honneur ; j'ai résisté, quand il l'a fallu, et j'ai toujours conservé mon franc-parler, tout en restant dans les limites fixées par le respect et la déférence. J'aurais préféré végéter, plutôt que de devoir mon avancement aux platitudes et au sacrifice de ma dignité.

J'ai toujours été, vis-à-vis de mes subordonnés, dans l'attitude que j'aurais voulu trouver chez mes chefs, songeant à la devise : **Ne fais pas aux autres ce que tu ne voudrais pas** qu'on te fît. J'ai pu me tromper ; mais jamais sciemment : j'ai toujours recherché les circonstances atténuantes, et, lorsque j'ai sévi, c'est que l'intérêt du service l'exigeait impérieusement.

J'ai scruté ma conscience, et elle ne me reproche rien en ce qui concerne l'exécution de mes devoirs militaires. Et je crois avoir une conscience de bon aloi. En tout cas, je fais un acte de contrition pour le mal que la faiblesse humaine a pu me faire commettre inconsciemment : car je n'ai pas de prétention à l'infaillibilité, laquelle n'est pas de ce monde. J'ai été un homme de bonne volonté, et c'est tout.

FIN

TABLE DES MATIÈRES

Cannes.— Imp. Com.-Adm., G. CRUVÈS, rue de la Foux.

www.ingramcontent.com/pod-product-compliance
Lightning Source LLC
Chambersburg PA
CBHW070507030726
47503CB00004B/1192